이번 달은
뉴요커

KI신서 9102

이번 달은 뉴요커

1판 1쇄 발행 2020년 5월 13일
1판 3쇄 발행 2020년 5월 29일

지은이 홍세림
펴낸이 김영곤 **펴낸곳** (주)북이십일 21세기북스

출판사업본부장 정지은 **인문기획팀장** 양으녕
책임편집 김다미 **디자인** 형태와내용사이 **일러스트** 지지플래닛
영업본부 이사 안형태 **영업본부장** 한충희 **영업팀** 김수현 오서영 최명열
마케팅팀 배상현 김윤희 이현진
제작팀 이영민 권경민

출판등록 2000년 5월 6일 제406-2003-061호
주소 (10881) 경기도 파주시 회동길 201(문발동)
대표전화 031-955-2100 **팩스** 031-955-2151 **이메일** book21@book21.co.kr

(주)북이십일 경계를 허무는 콘텐츠 리더

21세기북스 채널에서 도서 정보와 다양한 영상자료, 이벤트를 만나세요!
페이스북 facebook.com/jiinpill21 **포스트** post.naver.com/21c_editors
인스타그램 instagram.com/jiinpill21 **홈페이지** www.book21.com
유튜브 youtube.com/book21pub

서울대 **가**지 않아도 들을 수 있는 **명강**의! 〈서가명강〉
유튜브, 네이버, 팟빵, 팟캐스트에서 '**서가명강**'을 검색해보세요!

ISBN 978-89-509-8787-9 03810

* 60만 유튜버 홍세림의 뉴욕 한 달 살기 *

이번 달은 뉴요커

홍세림 지음

21세기북스

Prologue

두근두근 뉴욕으로 떠나기 전

Question 1. 홍세림에게 '여행'이란?

나에게 여행은 단순히 놀러가는 것만이 아니라 일상에서 벗어나 새로운 경험을 할 수 있는 우물 밖의 세상과 마주하는 일이다. 처음엔 별 생각 없이 떠났던 여행이 하나둘 힘이 되어 내 인생을 바꿔놓았다. 여행을 하며 외국어에 조금씩 관심이 생기고, 여러 영상을 찍고, 글을 쓰게 됐다. 지금은 여행이 나의 직업(일)의 일부가 되었지만, 아직도 여행은 나에게 설렘 가득한 첫사랑 같은 존재다. 여행을 계속함으로써 나는 살아 있음을 느낀다!

여행에서 꼭 어떤 대단한 의미를 깨닫고자 노력할 필요는 없다. 시간이 지나고, 경험이 쌓이다 보면 여행이 이미 나에게 유의미한 영향을 주었다는 걸 알게 될 테니 말이다.

Question 2. '뉴욕'만의 매력은 무엇일까?

내가 생각한 뉴욕은 화려한 네온사인으로 가득한 네모네모의 회색 도시였다. 도시 중에서도 도시 끝판왕 같은 느낌? 하지만 한 달 동안 느낀 뉴욕은 네모의 회색 도시 그 이상의 무엇이었다.

브루클린만의 힙하지만 강렬한 색채에는 새로운 감성이 있었고, 직접 살아본 맨해튼은 바쁘게 움직이는 사람들로 가득했지만 그 안에는 그곳만의 질서와 여유로움이 공존했다. 뉴욕은 그야말로 '뉴욕에 안 가본 사람은 있어도, 한 번만 가본 사람은 없다'는 말을 절실히 깨닫게 하는 매력 넘치는 도시다!

Question 3.

뉴욕 '버킷리스트'는 어떻게 정하게 된 걸까?

이 책에는 뉴욕에서 해보고 싶었던 스무 가지의 소소한 버킷리스트와 그 로망을 직접 실천해본 결과에 대한 기록들이 담겨 있다. 각각의 버킷리스트는 '뉴욕' 하면 떠오르는 대표적인 것들도 있지만, 내가 소중하게 생각하는 나만의 소소한 버킷리스트도 있다.

한 도시에 한 달간 머무르면서 해볼 수 있는 것들, 별것 아니지만 대단한 항목들이다! 버킷리스트는 그 어떤 것이라도 괜찮다고 생각한다. 자기 자신에게 의미 있는 거라면 그걸로 충분하다.

NEW YORK
TIMES SQ
nyc
Coffee
Blue bottle
Starbucks
Bagel
NEW YORK STATE
BROOKLYN
BRIDGE
New York
CITY
Brooklyn
Staten

나만의 한 달 살기 리스트

한 달 살기를 한다면 해보고 싶은 나만의 리스트를 적어보자!

★

★

★

★

★

★

NEW YORK

★

CONTENTS

100

STAMP
DAY 1
DAY 2
DAY 3
DAY 4
DAY 5
DAY 6
DAY 7
DAY 8
DAY 9
DAY 10

STAMP
DAY 11
DAY 12
DAY 13
DAY 14
DAY 15
DAY 16
DAY 17
DAY 18
DAY 19
DAY 20

2020
HAPPY NEW YEAR!
Volkswagen
hello
Light +FIT
SHARE YOUR FAVE MOMENT ON
#AddSomeLight
Add Some Light
ERNST & YOUNG
212.372.2349
hulu
HAPPY NEW YEAR

2020

WELCOME TO NEW YORK CITY!

DAY 1

뉴욕행 비행기에서 이 노래 듣기

여행은 생각만으로도 가슴이 뛴다.
반복되는 생활을 잠시 멈추고
'일탈'의 짜릿함을 경험하기 때문이 아닐까?

여행을 떠나는 날 아침,
긴장과 설렘

정신없던 일러스트레이션 페어가 끝나고 뉴욕으로 떠나는 아침이 밝았다! 여행을 떠나는 날은 항상 벅차고 설레지만, 이번 여행은 유독 실감나지 않았다.

전날 밤 급하게 대충 싸놓은 캐리어를 끌고 인천공항행 버스를 타러 나섰다. 그때 문득 '내가 한 달 동안 한 도시로 여행을 간다고? 그것도 뉴욕으로?'라는 생각이 머릿속을 스쳤다. 그러나 그것도 잠시, 캐리어 두 개를 끌고 나오느라 지쳐버린 나는 버스에 앉자마자 잠이 들었다.

처음 여행을 떠나던 때를 생각하니, 설렘 그 이상의 벅차오르던 감정이 아련히 떠올랐다. 여행을 막 다니기 시작했을 때는 기간이 짧든 길든, 어디를 목적지로 하든 반복되는 일상에서 벗어나 어디론가 떠난다는 사실만으로도 충분한 '일탈'이었다.

현재의 나는 어쩌다 보니 여행을 하고, 영상을 만들며, 글도 쓰는 직업을 갖게 됐다. 이제 여행은 나에게 일탈이기보다 일의 연장선상인 '일상'이 됐다. 하지만 여행이 익숙한 나에게도 여행 과정에서 항상 느끼는 두 차례의 큰 '설렘'이 존재한다.

첫 번째 설렘은 실제 여행 기간 중이 아닌, 여행을 기다리는 동안 찾아온다. 여행 전 그 나라나 도시에 대해 찾아보고, 가고 싶은 곳이나 먹고 싶은 것을 생각하며 계획을 세우고, 그곳에 있는 나를 상상하며 또 다른 여행을 한다. 사실 나는 이 과정을 제일 즐긴다. 동행하게 될 친구들과 여행에 관한 이야기를 나누며 미리 일상 속 작은 일탈을 경험할 수 있기 때문이다.

그리고 두 번째 설렘은 공항에 발을 딛는 순간 찾아온다. 바쁜 삶 속에서 여행을 실감하지 못하다가 '공항'이라는 장소에 도착하면 그제야 '아, 내가 떠나는구나'라는 느낌이 확! 와닿는다. 이때 곧 다가올 여행에 대한 기대와 걱정으로 설레기 시작한다.

한 달 살기는 처음이라...!

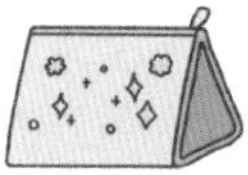

공항에 도착하니 친구들이 이미 와 기다리고 있었다. 이번 여행은 항상 같이 다니는 친구 주희와 처음 같이 가게 된 두 명의 친구까지, 총 네 명이 떠나는 여행이었다.

사실 처음부터 한 달 동안 뉴욕을 여행할 생각은 아니었다. 일로 만난 네 명의 친구들이 '어디론가 같이 떠나보자!'라는 생각에 어쩌다 보니 설레는 그 단어 '뉴욕'으로 입을 모으게 되었고, 1주일은 조금 짧다고 생각한 우리는 어쩌다 보니 2주일로 스케줄을 맞추게 됐다. (여행은 항상 '어쩌다 보니' 시작된다!) 하지만 주희와 나는 조금 더 욕심을 내 "간 김에 2주더…?"라고 입을 모았고, 어쩌다 보니 '한 달 살기' 여행을 계획하게 됐다.

한 달 살기라니…! 여러 나라도 여행해보고, 한 달간 여러 나라와 도시를 도는 유럽 여행도 해봤지만 한 나라, 한 도시를 한 달 동안 머무르는 일명 '한 달 살기'를 해본 적은 없었다. 그러나 마음속엔 늘 한 달 살기에 대한 로망이 있었다.

짧게 한 나라로 여행을 가다 보면, 짧은 시간 내에 그 나라를 다 돌아봐야 할 것 같은 강박에 마음이 조급해지기 마련이었는데, 한 도시에 한 달간 머무르는 여행은 나에게 완전히 새로운 경험이자 도전이었다.

나는 이번 여행을 위해 작은 목표를 세웠다. '한 달간 뉴욕에서 지내며 해보고 싶었던 소소한 버킷리스트를 다 해보자!'라는 계획과 함께 나의 도전이 시작됐다. 몇 박 며칠의 짧은 여행에서는 할 수 없는 새로운 경험들을 해보고 싶었다. 지극히 개인적인 위시리스트를 작성한 수첩을 들고, 부푼 기대감을 안고, 드디어 비행기에 올랐다.

처음 비행기에 올라 창밖을 바라보는 건 항상 설레는 일!

첫 여행에서 알았으면 좋았을 것들

비행기에 탑승해 기내식을 먹고, 준비해온 영화 〈시카고〉를 보면서 갑자기 이런 생각이 들었다. '내가 지금 알고 있는 이런저런 소소한 팁을 첫 여행 때도 알았으면 좋았을 걸!'

비행기에서 적어본 나의 경험에서 우러나온 팁들을 공유한다.

첫 여행에서 이것만은 알아두자

★ 국내선은 두 시간 전, 국제선은 세 시간 전까지 공항에 도착해야 여유롭다! 체크인 카운터는 세 시간 전부터 열리기 때문에 너무 일찍 도착해도 탑승 수속을 할 수 없다.

★ 가져갈까 말까 할 때는 안 가져가는 편이다.
(여권과 카드만 있으면 가서 사면 된다는 마인드)

★ 유튜브 '오프라인 저장' 기능으로 음악이나 영상 등을 저장해가면 비행기에서 덜 심심하다.

★ 미주, 유럽행 비행기의 경우 기내식은 이륙하고 한 시간 이내에 한 번, 도착하기 두 시간 전에 한 번 나온다.

★ 입국 심사, 너무 걱정하지 않아도 된다!
(방문 목적은 travel이라고 말하자. '며칠? 누구랑? 어디서?' 정도의 답변을 준비해 가면 좋다)

뉴욕에 도착하자마자 한 일

열두 시간의 비행 끝에 드디어 뉴욕에 도착했다! 다른 나라에 도착했을 때의 설렘과 두근거림을 새롭게 기억하는 법? 어떤 연예인은 새로운 나라에 여행을 갈 때마다 각각 다른 향수를 뿌려 기억한다던데, 나는 주로 '그 나라' 하면 떠오르는 노래를 듣는 편이다.

그 나라와 연관된 노래, 그 나라를 배경으로 한 영화의 OST, 혹은 아무 상관없는 내가 듣고 싶었던 노래 등, 특정 음악 리스트를 만들어 듣고 또 들으며 그 나라만의 느낌을 간직한다. 나만의 작은 재미를 하나만 더 소개하자면, 그 플레이 리스트에 여행 중 만나는 새로운 순간과 그에 맞는 음악을 하나씩 추가해 간다는 것!

뉴욕에 가기 전부터 '뉴욕!' 하면 딱 떠오르는 노래가 있었다. 왠지 모르게 광활한 곳에서 새로운 일이 펼쳐질 것만 같은 느낌이 드는 노래, 뉴욕 도시 풍경과 너무나 잘 어울리는 노래, 바로 'Jay-Z'의 〈Empire

State of Mind〉라는 곡이다. 제목이 낯선 사람일지라도 '뉴~욕~!' 하는 부분을 들으면 "아, 이 노래!"라고 할 것이다.

뉴욕 공항에 도착해 입국 심사를 마치고, 짐을 찾았다. 공항 밖으로 나와 첫 공기를 마시자마자 이 노래를 틀어 뉴욕에 드디어 입성한 순간을 만끽했다. '아, 내가 뉴욕에 왔구나!' 들뜬 마음으로 한인택시를 타고 첫 번째 숙소로 향했다.

샘의 '뉴욕' 플레이 리스트

★ **Empire State of Mind** Jay-Z

도착하자마자 들었던 그 노래. 뉴~욕~!

★ **New York New York** Frank Sinatra

2020년 새해가 되자마자 타임스 스퀘어에 울려 퍼졌던 노래. 뉴욕 Feel 충만!

★ **All I want for Christmas is You** Mariah Carey

Last Christmas Wham!

크리스마스 시즌에 귀에 딱지가 앉도록 거리마다 흘러나오는 노래들. 너무 좋아서 여름에도 계속 듣는다.

★ **Come and get Your Love** Redbone

Ain't no Mountain High Enough Marvin Gaye, Tammi Terrell

I want You Back Jackson 5

왠지 모르게 미국과 너무 잘 어울리는 영화 〈가디언즈 오브 갤럭시〉의 'Awesome Mix Vol. 1' 수록곡들. 카세트테이프로 여행 내내 잘 들었다.

뉴욕에서 산 카세트와 테이프는 진열장의 한 부분을 차지했다

세끼관찰일기 In NEWYORK

 # 캐릭터 소개

SEKKI (세끼, 홍세림)

- 요리 담당
- 여행을 많이 가 봄
- 원래는 계획쟁이였으나
  옹니에게 포지션을 넘김
- 영어 회화 담당
- 밥이 맛없으면 화가 남
- 음식 조합에 일가견이 있음

유의사항

* 배고프면 예민해지므로
  제때 음식을 제공할 것

ZEEZEE (지지)

- 분위기 메이커
- 왠만한 음식은 다 잘 먹음
- 아이쇼핑을 좋아함
- 문구류, 연보라색 덕후
- 아무리 힘들어도 옹니에게
  치댈 힘은 있음
- 군것질 엄청 좋아함

유의사항

* 갑자기 혼자 신나서 춤을
  출 수 있으니 당황하지 말 것

KANG.G (강쥐)

- 세끼의 10년차 친구
- 리액션 담당
- 냄새에 예민함
- 맛있는 음식을 먹으면 화냄
- 입이 짧은 편
- 옷에 관심이 많음
- 아침에 혼자 외출하는 걸 좋아함

유의사항

* 잠이 덜 깼을 때는
예민하므로 건들지 말 것

ONGNI (옹니)

- 여행 계획 담당
- 철부지 동생 세 명을 감당하기
힘들어하는 동시에 즐거워함
- 처음 해 보는 게 많음
- 사진 찍는 것을 좋아함
- 넷 중에 가장 차분한 편
- 세끼, 지지, 강쥐보다 한 살 많음

유의사항

* 안 해본 게 많으므로 처음이라고
했을 때 놀라지 말 것

DAY 2

록펠러 센터에서 크리스마스 맞기

뉴욕에서 크리스마스라니!
생애 처음 뉴욕에서 만끽하는
친구들과의 크리스마스 파티

크리스마스와 로망에 관하여

'12월'과 '뉴욕', 두 단어를 보면 설레는 무언가가 떠오르지 않는가? 연말의 들뜬 분위기와 활기차고 화려한 거리 모습을 상상하게 하는 바로 크리스마스! 나는 크리스마스를 유독 좋아한다.

솔직히 말해 추위를 꽤나 못 견디고, 두툼한 옷 때문에 짐 가방이 무거워지는 것을 싫어하는데도 이 일정으로 여행을 계획한 이유는 단연 크리스마스 때문이다. 크리스마스와 새해를 설레는 이 도시, 뉴욕에서 맞이하는 것은 손꼽히는 나의 인생 버킷리스트 중 하나였다.

뉴욕과 크리스마스에 엄청난 로망을 갖게 된 이유로는 아무래도 영화 〈나 홀로 집에 2〉를 빼놓을 수 없다. 어릴 적부터 매년 챙겨보며 열 번도 넘게 본 영화 〈나 홀로 집에 2〉 속 주인공 케빈은 비행기를 잘못 타 가족들과 떨어져 뉴욕에 가게 된다. 어린 나는 그런 케빈을 보며 '나도 뉴욕에 홀로 남겨진다면?' 하는 상상을 하곤 했다.

어린 나의 눈으로 본 영화 속 뉴욕은 너무나도 광활하고 새로웠으며, 아름답고 화려한 크리스마스 분위기로 가득 차 있었다. 〈나홀로 집에 2〉와 함께 키워온 아련한 동경과 로망 덕에 성인이 된 나는 크리스마스 시즌이 아닐 때도 항상 캐럴을 들으며 설레는 맘으로 크리스마스를 기다린다.

왜 그렇게 크리스마스를 좋아하느냐고 묻는다면 나의 대답은 "그냥!"이다. 그 분위기는 물론이고 크리스마스와 관련된 모든 것들이 좋다! 나에게 크리스마스는 생일보다 훨씬 더 중요한 시즌이자 연례행사다. 그런 크리스마스를 뉴욕에서 맞이하다니!

케빈이 엄마와 만난 바로 그 트리 앞에서 찰칵!

뉴욕에서 맞이하는 크리스마스

뉴욕에 도착하자마자 크리스마스이브를 맞이했다. 시차 적응이 전혀 안 된 우리는 해롱해롱 잠이 쏟아지고 정신이 없었다. 하지만 난생처음 뉴욕에서 크리스마스를 보낸다는 설렘으로 가득했다. 다만 시간이 없다는 게 문제였다. 우리는 서둘러 짐 가방을 내려놓고 일단 거리로 나섰다.

우리는 "뉴욕에서 맞이하는 크리스마스인 만큼 여기서만 할 수 있는 걸 해보자!"라고 외쳤다. 크리스마스와 관련된 소품들을 구경하며 카드도 사고, 작지만 기분을 낼 수 있는 미니 트리도 샀다. 또 크리스마스 당일은 휴일이기에 부랴부랴 마트에 들려 요리할 음식 재료들도 구입해 집으로 돌아왔다.

우리는 홈파티 음식을 만들어 먹고, 미리 준비해온 선물을 교환하고 〈나 홀로 집에〉에서처럼 크리스마스 아침에 선물을 뜯어보는 게 크나큰 로망이었다) 그리고 마지막으론 케빈과 케빈 엄마가 재회한 장소인 록펠러 센터 앞 엄청나게 큰 트리가 있는 곳에도 가볼 작정이었다!

대망의 크리스마스 아침! 우리는 잠이 덜 깬 채 같은 말을 되풀이했다. "오늘이 정말 크리스마스?!" 들뜬 기분으로 일어나 어쩌다 사온 미니 LP 플레이어로 운 좋게 건진 좋아하는 캐럴 음반을 틀었다.

요리하는 것도 좋아하지만 요리해서 먹이는 건 더 좋아하는 나는 신나게 음식을 만들었다. 분위기 내는 데 제격인 스테이크도 멋스럽게 굽고, 평소 자신 있어 하던 파스타도 만들었다. 외국 유튜브 채널에서 봐두었던 크리스마스 홈파티 상차리기 영상을 활용해 만든 음식들을 접시에 예쁘게 담아냈다.

전날 사온 트리에 불도 켜고, 선물도 모아놓고, 다 함께 둘러앉아 멋스럽게 차려낸 음식을 먹으니 이전까지 느껴보지 못한 또 다른 행복감이 차올랐다! 특별한 날에 좋은 사람들과 함께 소소하게 담소를 나누며 먹는 점심식사는 너무나도 완벽했다. 여행 전에 미리 뽑아둔 '마니또'에게 선물도 건네고, 서로 받은 선물을 뜯어보며 우리는 더 이상

바랄 게 없는 뉴욕에서의 점심을 즐겼다.

이제 대망의 하이라이트! 우리는 록펠러 센터의 트리 앞으로 향했다. 외국 사람들은 크리스마스에 가족들과 집에서 시간을 보내는 줄로만 알았는데, 뉴욕의 록펠러 센터는 엄청나게 많은 사람들로 넘쳐나고 있었다. 아, 이 정도일 줄이야! 영화 속 장면과는 달라도 너무 달라 벌어진 입이 다물어지지 않았다.

사진 한 장 찍으려 해도 몰려든 인파에 가려 트리가 제대로 보이지 않을 지경이었다. 우리 넷은 손을 꼭 잡고 인파 사이를 비집고 들어가 서로의 기념사진을 찍어주기 위해 애썼다. 잠깐이라도 사람들이 줄어드는 듯하면 재빨리 멋진 순간을 포착하기 위해 서로에게 온갖 포즈를 요구했다. 포토그래퍼로 빙의해 그 순간에 집중했다. 틈새를 노려 정신없이 셔터를 눌러댄 덕에 우리는 각자 마음에 드는 기념사진을 건졌다.

모자도 쓰고 양말도 준비하고 제대로 즐긴 생애 최고의 크리스마스

여행이란 나에게
특별한 추억을 선물하는 것

내 상상 속의 완벽한 로망, 뉴욕과 뉴욕에서 보내는 크리스마스! 말만 들어도 너무나 설레는 조합이다. 하지만 뉴욕에서의 크리스마스가 더할 나위 없이 행복했고, 그 시간들이 아름답게 기억되는 이유는 2019년 12월 25일 그 순간, 그 장소에, 그 친구들과 함께했기 때문이이다.

여행을 처음 다닐 때의 나는 사람들이 추천하는, 그리고 내가 정해놓은 '꼭 해야 하는 리스트'를 클리어하기 위해 애쓰는 사람이었다. 어떤 나라나 도시를 여행할 때마다 '이건 꼭 해야 해!'라는 강박관념에 휩싸여 리스트는 체크했을지언정 주변을 둘러보거나 순간순간을 즐기지는 못했다. 그래서 돌이켜보면 늘 아쉬웠다.

여행을 계속하면서 드는 생각은 명소에 가서 인증샷을 찍거나 해야 할 리스트를 클리어하는 데 연연하기보다, 다시는 오지 않을 그 순간을 즐기고 함께하는 사람들과 잊지 못할 추억을 쌓는 게 훨씬 더 중요하다는 것이다.

여행을 떠나는 여러분에게 꼭 전하고 싶은 이야기는, 반드시 무언가를 해야 한다는 강박관념을 갖기보다 지나고 나면 다시 오지 않을 그 순간에 집중하고, 함께하는 사람들과 다시 경험하지 못할 시간을 최대한 즐기라는 것이다. 그리고 거기서 오는 감정을 온전히 만끽하라는 것!

생각해보면 여행이 내게 준 선물은 록펠러 센터 앞에서 사진을 찍기 위해 그곳에 간 일이 아니라, 그곳에서 친구들과 함께한 순간을 오랫동안 추억으로 간직하기 위해 서로를 카메라에 담았다는 것이다. 그래서일까? 트리 앞에서 남긴 기념사진보다 사진을 찍던 당시 친구들과의 즐거운 추억이 더 값지고 아름답게 느껴진다.

이 여행은, 이 순간은 한번 지나가면 다시 돌아오지 않는다! 초점을 어디에 맞추느냐에 따라 별것 아닌 순간들도 영원히 기억하게 될 추억이 된다.

그리고 우리는 이렇게 말할 것이다. 그때 우리 정말 재밌었는데! 그때 우리 정말 행복했는데!

샘의 뉴욕 홈파티 레시피

★ 리스 샐러드

재료: 샐러드용 채소, 좋아하는 샐러드용 소스, 방울토마토, 베이컨

1. 큰 접시 가운데에 작은 소스용 종지를 놓는다.
2. 씻어놓은 채소를 소스 종지 바깥으로 둘러 담는다.
3. 소스 종지에 랜치 소스와 베이컨 찹을 담고, 샐러드용 채소 사이사이에 반으로 썬 방울토마토를 장식한다.
4. 크리스마스 리스 느낌의 샐러드 차림 완성!

★ 이것저것 초 간단 파스타

재료: 좋아하는 모양의 파스타 면, 마늘, 양파, 버섯, 베이컨, 파스타 소스(나는 불닭파스타 소스를 준비해갔다!)

1. 큰 냄비에 소금 한 꼬집과 올리브유 한 숟갈을 넣고 물을 끓인다.
2. 물이 끓을 동안 팬에 올리브유를 두른 뒤 마늘, 베이컨, 좋아하는 채소들을 넣고 볶는다(후추를 넣으면 맛있다).
3. 끓는 물에 10~12분간 파스타 면을 삶는다.
4. 삶은 파스타 면에 볶은 재료와 파스타 소스를 넣고 섞는다.
5. 취향에 따라 치즈를 넣어 맛있게 먹는다!

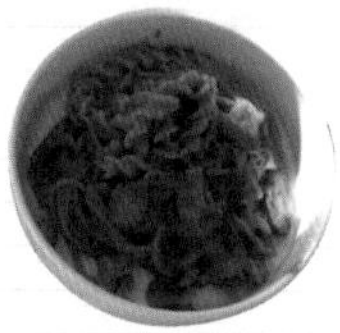

DAY 3

에어비앤비 살아보기

여행지에서 장을 보고 음식을 만들고 청소를 하고
동네 사람들과 인사를 나누며
잠시나마 그 집의 주인으로 살아보는 또 다른 즐거움

'집'에 대한 나의 생각

본가와 다른 지역에 있는 대학교에 입학한 친구들, 즉 성인이 되어 고향에서 타지로 거처를 옮겨야만 했던 친구들이라면 공감할 만한 이야기가 있다. '집 나가면 개고생!'이라거나 '수건은 저절로 생기지 않는다!' 등의 말이다.

나는 대학교를 다니기 위해 스무 살이 되어 서울로 올라왔고, 다양한 집의 형태를 거쳤다. 친척 집에 얹혀살기도 하고, 고시텔, 기숙사, 원룸 자취까지…. 여러 곳을 옮겨 다니며 살다 보니 서울에서 부모님과 함께 사는 친구들이 꽤나 부러웠다. 그렇게 여러 집을 거치면서 나에게는 점차 '집'에 대한 집착이 생겨났다. 나만의 공간을 갖고 싶고, 나의 터전을 마련하고 싶었다.

도예를 전공한 나는 나의 현 상태를 드러내는 작품을 만들곤 했는데, 그중 가장 기억나는 작품이 있다. '집'에 대한 나의 생각을 표현한

〈Fly to the moon〉이라는 제목의 조형작품이다. 첫 자취를 시작하고 너무 기쁜 마음에 달을 정복한 토끼의 모습을 도자기로 만들었는데, 나름 경제적으로는 독립하지 못했던 터라 지구(본가)에 묶여 있는 위성 형태였다. 그만큼 집이라는 공간에 대한 소유욕이 강했고, 나만의 집을 갖기를 갈망했던 것 같다.

운 좋게 돈을 벌기 시작하면서 또래에 비해 일찍 경제적으로 독립할 수 있었는데도 나는 여전히 한곳에 정착해 살고 있지 않다. 물론 지금 살고 있는 집에 대한 애정도 크고, 내가 몸담고 있는 공간에 대한 소중함도 잘 안다. 뿐만 아니라 한곳에 터를 잡았다는 소속감도 나에게는 매우 중요하다. 하지만 여행을 다니면서 느낀 새로운 재미는 다른 나라의 '우리 집'에서 겪게 되는 색다른 체험들이다.

나의 조형작품!
완벽하게 독립하지 못한
상황을 담았다

여행은 살아보는 것이다

여행에서 차지하는 숙소의 중요도는 사람마다 각기 다를 것이다. 여행지에서도 '집'은 나에게 굉장히 중요한 요소다. 그래서 항공권을 예약한 뒤 내가 머무를 집을 물색하는 데 꽤나 공을 들이는 편이다. 단지 가성비가 좋고, 위치가 좋고, 사람들이 많이 찾는다고 해서 그 숙소를 선호하지는 않는다.

나에게 있어서 숙소는 또 다른 여행의 일부이기 때문에 사실상 가장 중요한 시작점이다. 여행지에서의 집은 여행을 위해 잠시 몸을 누이는 장소가 아니다. 그 집에서 '사는 것' 또한 나에게는 아주 중요한 여행의 과정이다.

나에게 집이 중요한 가장 큰 이유는 그 집에서만 경험할 수 있는 것이 있다고 생각하기 때문이다. 그 집이기에 겪게 되는 여러 상황들, 그 동네이기에 가능한 일들, 동네 사람들, 주변 상점들, 그 집 앞의 풍경…. 더 나아가 그 집에서 같이 지내는 친구들과의 추억, 항상 기대되는 예측할 수 없는 그 집에서의 소소한 에피소드들까지!

그런 의미에서 나는 호텔보다는 에어비앤비를 훨씬 더 선호한다. 요즘 '호캉스'가 유행한다는데, 물론 호텔도 그곳만의 매력과 장점이 있다. 하지만 호스트가 게스트에게 집의 소유권을 빌려주는 에어비앤비에는 그것과는 조금 다른 매력이 있다. 그 집에서, 그 집의 도구들로 직접 요리를 하고 청소를 하고, 그리고 그 동네 주민들과 인사를 나눈다. 에어비앤비에서 머무는 동안만큼은 그 집의 주인이 되는 것이다.

나는 이번 여행에서도 역시 '우리 집'을 마련했다. 네 명이서 2주간 머물렀던 브루클린 윌리엄스버그의 우리 집, 두 명이서 2주간 머물렀던 맨해튼의 우리 집! 뉴욕에서 한 달간 머무르는 동안 '집'은 나에게 아주 큰 부분이었고, 그 집에서만 겪을 수 있는 소중한 것들을 경험했다.

그 소중한 경험이란 그리 대단한 게 아니다. 아침에 일어나서 밥을 해먹고, 샤워를 하고, TV를 보며 나갈 준비를 하는 지극히 일상적인 일들. 그 별것 아닌 일상을 지구 반대편의 우리 집에서 지속하고 있다는 안정감과 색다른 경험. 그 시간에 그 집에서 살아가는 것 자체가 소중한 경험인 것이다. 내가 여행에서 제일 좋아하는 파트는 바로 집 근처 마트에서 장을 보고 아침을 차려먹는 것, 그 집에서 진짜로 살아가는 것이다.

뉴욕의 '우리 집'을 소개합니다!

집을 사랑하는 홍세림이 뉴욕에서 '살았던' 세 곳의 집을 소개해볼까 한다! 첫 번째 집은 핫하다는 브루클린의 윌리엄스버그에 위치한 곳이었다. 나는 그 집에서 2주간 머물며 뉴욕의 새로운 매력에 푹 빠졌다! 내가 상상했던 뉴욕의 모습과 달라서 더욱 좋았다. 내가 상상한 뉴욕이 타임스 스퀘어의 정신없이 번쩍거리는 전광판, 바쁘게 움직이는 도시인들과 회색 빌딩숲의 느낌이었다면, 브루클린의 윌리엄스버그는 상상 이상으로 힙한 리얼 뉴요커들의 동네였다.

진짜 사람 사는 동네 같은 느낌? 여유로우면서 힙하고, 조용하면서 멋졌다. 맨해튼에서 벗어나 있는 위치답게 높은 건물보다는 그래피티로 가득한 한적한 동네 모습이 특징이다. 어디든지 카메라만 들이대면 포토 스폿이 되는 곳. 개성과 감성이 넘치는 소품 가게와 멋진 카페에만 들러도 행복해지는 곳. "아, 이곳이 우리 동네라니!"를 수도 없이 외쳤다.

두 번째 집은 조금은 새로운 월 스트리트의 셰어하우스 '위 리브'라는 곳이었다. 개인 공간은 독립적인 형태로 분리되어 있고, 세탁실과 공용 주방, 헬스장 등의 공용 공간이 다양하게 마련되어 있는 특이한 형태의 주거 공간이었다.

이 집의 가장 큰 특징은 매주 화요일과 목요일에 '해피아워'라는 미팅 시간이 있다는 것이다. 하지만 몹시 안타깝게도 두 번째 숙소인 이곳에 머무는 동안 감기가 심하게 걸려 참여하지 못했다. 그렇더라도 새로운 공간을 체험해볼 수 있는 좋은 시간이었다.

마지막 집은 뷰가 끝내주는 핫한 동네 첼시의 고층 빌딩이었다. 나름 큰맘 먹고 (물질적으로) 투자한 집이었는데, 웬걸! 역시나 비싼 이유가 있었다! 딱 여행자의 로망을 실현시켜줄 끝판왕 같은 집! 뉴욕 시내와 야경을 하루 종일 넋 놓고 구경할 수 있는 통 유리창으로 된 구조와 세련되고 쾌적한 시설, 게다가 뉴욕 핫플레이스인 하이라인 파크와 첼시 지구를 매일 아침 산책할 수 있는 최상의 위치! (인생샷은 덤이다)

그 어떤 벽을 배경으로 카메라를 들이대도 화보(?)

브루클린은 정말 힙한 동네!

여행지에서는 한 공간에 오래 머무는 것도, 여러 집에 살아보는 것도 다 멋진 경험일 것이다. 여러분은 어떤 집에서 뉴욕을 느껴보고 싶은가? 뉴욕을 충분히 느끼기에 한 달은 너무 짧게 느껴질지도….

완벽한 뷰의 첼시 숙소

샘의 나만의 에어비앤비 잘 고르는 방법!

★ 한국인들 후기는 매우매우 중요하다. 가끔 한국인들의 동지애를 느낄 수도 있다. 그들을 전적으로 신뢰하라. ex) 이쓶쏘는쩔때까찌마쎄효

★ 후기는 모두 꼼꼼하게 읽자. 영어나 다른 외국어로 되어 있어도 상관없다. 번역하기를 누르자. 칭찬하는 후기보다는 불만 사항 위주로 읽자. 불만 사항이 겹친다면 그 부분은 확실히 문제가 있다는 뜻이다.

★ 후기가 0개인 숙소는 일단 거르자.

★ 다른 사람들과 숙소를 공유하기 싫다면 '숙소 유형'을 '집 전체'로 설정하라.

★ 환불 규정 확인은 필수! 환불 규정이 '유연'인 숙소는 아무래도 부담이 덜하다.

★ 사진이 너무 휘어져 있다면 실제 공간이 작아 실망할 수 있다. 사진을 잘 확인하자.

★ 총 사용 인원을 보기보다 실제 사용 가능한 침대 개수와 사이즈를 확인하자. 참고로 소파베드가 포함되어 있는 경우가 많은데, 잠자리에 예민한 사람에게 소파베드는 등이 배길 확률이 높다.

★ 에어비앤비 규정상, 지도에서 보이는 위치와 실제 주소가 다른 경우가 있으니 유의하자.

★ 샤워기 호스, 주방 가스레인지 화구 개수, 냉동실 유무, 냉장고 크기, 전등의 개수 등 세부 사항을 사진을 통해 확인하자. 보물찾기 하듯이 체크하다 보면 만족도가 높은 숙소를 찾을 수 있다.

세끼관찰일기 In NEWYORK

#밥 잘 해주는 착한세끼

AM 09:00
뉴욕 여행을 같이 다녀온 넷의 아침을 떠올려보자면, 오전 9시쯤 누군가가 잠에서 깨어나서
앙녕~
어 앙녕~!
꼭 손흔들거나 고개숙여 인사해야함. (딱히 이유는 없음)
(시차적응을 못해서)
일찍 일어나서 깨어 있는 사람과 손 흔들어 인사하고
비몽사몽 상태로 시리얼을 먹거나 소파에서 핸드폰을 하면서 멍을 때린다.

AM 10:00
그리고 얼마 후에 세끼가 일어나면
얘들아 안녀엉~
또 다같이 시리얼을 한 사발씩 먹고
샘미야 앙녕~
TIP
우리에게 시리얼은 아무리 세 그릇씩 먹었어도 절대로 밥이 아니라 에피타이저다
세끼가 잠에서 깨면 아침밥을 요리해준다.
잘한다! 잘한다! 잘한-다-!

AM 10:30
얘들아
밥먹어라-!
네!!
세끼가 음식을 만들어주면
그 때 늦은 아침 식사를 하는데
메뉴는 주로
불닭볶음면과
마트에서 사온
소고기/돼지고기였다.
+그리고 빠질 수 없는
제로콜라와 진저에일까지..!

만들어준 음식마다 모두 맛있었기 때문에
다들 굉장히 맛있게 잘 먹었는데,
이런 친구들을 보며 세끼는 매우 뿌듯해했다.
강쥐ver.
(맛있는거 먹으면 화냄)
쾅
야 뭐야! 넘 맛있어!
지지ver.
(행복해 함)
아.. 행복해..
옹니ver.
(로봇 리액션)
진.짜.맛.있.따!
세끼ver.
(뿌듯)
얘들아 먹고 더 먹어라!

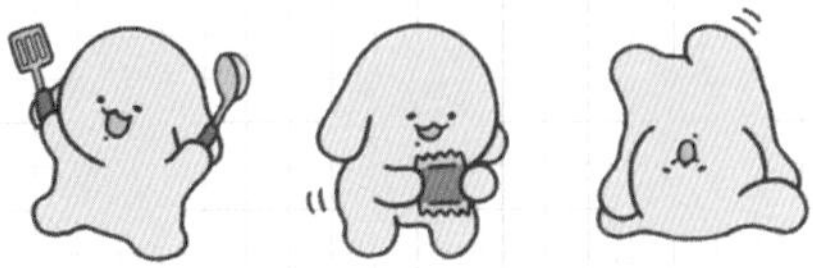

세끼는 요리하는 걸 정말 좋아한다.
얼마나 좋아하냐면, 4인분의 요리를 아침마다
만들어주면서 이런 말을 했다.
아-네 명이나 있으니까
요리를 많이 할 수 있어서
너무 행복하다-!
(심지어 4인분도 아니고
한 7-8인분은 만드는 것 같음)
심지어 우리에게
밥을 만들어주려고
너네 밥 해주려고
일찍 일어났어!
새벽같이 일어나기까지 한
신기한 인물이다.
(아침에 잘
못일어나는 사람)

그리고 세끼는 음식을 만들어 먹을 때마다
스스로 점수를 매기는데 평가 기준이 굉장히 높다.
(진지)
음.. 이건 65점도 안돼.
면이 적당히 꼬들꼬들 해야 하는데
너무 익었고 소스도 좀 아쉽군..
아 이건 굽기 전에 간을
조금 더 하고 충분히 재웠다가
조리했어야 하는데.. 72점.
심 각
음 이번엔 꽤나 괜찮지만
다음번엔 재료를 미리
손질해서 둘 다 따뜻할 때
먹으면 아주 좋겠는 걸..?

물론 다 맛있었다고 생각한 우리로서는
도저히 이해가 안 되는 점수다.
엥! 맛있는데!
우씨 맛있어!
난 100점!
얌얌
이렇게 세끼가 열심히 요리를 해주면
우리는 아주 맛있게 먹고 나서 열심히 뒷정리를 한다.
쓰레기 치우기
설거지 하기
가습기에 물 채우기(?)

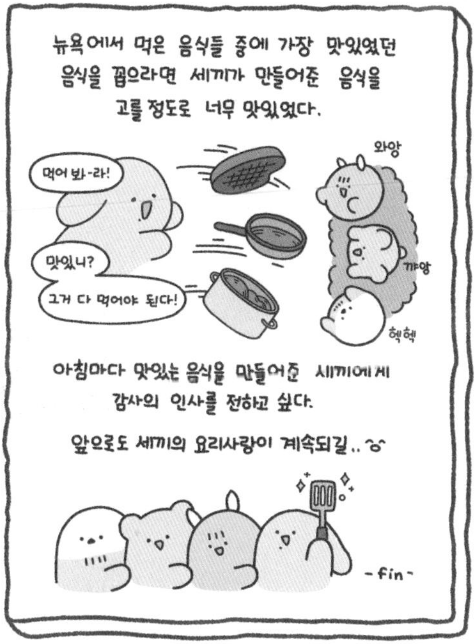
뉴욕에서 먹은 음식들 중에 가장 맛있었던
음식을 꼽으라면 세끼가 만들어준 음식을
고를 정도로 너무 맛있었다.
먹어 봐-라!
맛있니?
그거 다 먹어야 된다!
와앙
까앙
헥헥
아침마다 맛있는 음식을 만들어준 세끼에게
감사의 인사를 전하고 싶다.
앞으로도 세끼의 요리사랑이 계속되길.. ^o^
-fin-

DAY 4

브로드웨이 뮤지컬 보기

한 달 살기의 장점은
유명한 것, 꼭 해봐야 하는 것을 좇는 게 아니라
나 스스로가 하고 싶은 일들을 할 수 있다는 것이다.

뉴욕에서의 첫 연극

크리스마스 다음 날인 26일, 우리는 미리 예약해둔 뮤지컬을 보러 가기로 했다. 뉴욕! 하면 브로드웨이 뮤지컬을 빼놓을 수 없다는 생각에 뉴욕에 오기 전부터 어떤 뮤지컬을 볼지 고민했었다.

유명한 뮤지컬이 너무 많아서 고르기 힘들었는데, 한 친구가 조금 생소한 뮤지컬을 보자고 제안했다. 그래서 별 고민 없이 그 뮤지컬을 예약했다. 그렇게 보게 된 〈슬립 노 모어〉는 보통 공연과는 조금 달랐다. 나는 아무런 사전 지식 없이 뉴욕에서의 첫 공연을 관람하게 됐다.

우리는 첼시 마켓부터 하이라인 파크를 따라 걷다 보면 보이는 한 호텔로 향했다. 특이하게도 이 연극의 무대는 6층짜리 건물 전체이며, 이 건물 전체에서 스물두 명의 배우가 동시에 자신의 연기를 펼친다. 관객들은 따로 정해진 지정석 없이 자신의 의지대로 원하는 배우를 따라다니며 연기를 감상한다.

REGAL
CATS
MODELL'S
Hilton
NY GIFTS

내가 가는 길, 보는 것 그 자체가 공연이며 배우들의 표정, 몸짓을 코앞에서 감상할 수 있었다. 보통 관객과 배우 사이는 제3의 벽으로 막혀 있기 마련인데, 뉴욕에 와서 처음 보게 된 이 공연은 보통의 뮤지컬, 연극과는 다른 형태인 참여형 연극이었던 것이다.

이 새로운 방식의 공연은 정말 신박했다. 하지만 이런 공연을 처음 경험한 나는 공연 직후 몹시 당황스러웠다. 왜냐하면 전혀 이해를 못했기 때문이다!

세 시간 동안 같이 뛰어다니며 연기를 감상했지만 누가 누군지, 어떤 룰이 있는지, 하다못해 공연이 끝난 건지도 깨닫지 못했다. 친구들과 장면을 맞춰보고 해석을 찾아보며 약간씩 줄거리를 이해할 수 있었지만, 여전히 전체를 다 이해하지 못해 너무나 아쉬웠다.

연극을 제대로 이해하고 싶은 마음이 컸기 때문에 결국 똑같은 연극을 다시 보러 갔다. 한 친구와 헤어지기 마지막 날 손을 잡고 다시 똑같은 뮤지컬을 보러 갔는데, 사실 이 친구는 나와 정반대의 이유로 다시 연극을 보고자 했다. 너무 신선해서!

사람마다 공연을 받아들이고 느끼는 게 이렇게 다를 수 있다는 점 또한 새로운 경험이었다. (사실 둘이 서로 전혀 다른 이유로 연극을 또 보러 갔다는 게 너무 웃겼다)

‹슬립 노 모어›는 이런 가면을 쓰고 감상한다

인생 뮤지컬을 만나면 생기는 일

친구들과 2주간 지낸 여행 후반부에는 브로드웨이 대표 뮤지컬 중 하나인 〈시카고〉를 보게 됐다. 〈시카고〉를 더 재미있게 즐기기 위해 뉴욕행 비행기에서 영화까지 보며 예습했기에 기대감이 더욱 컸다. 실제로 너무나 보고 싶었던 뮤지컬이기도 했다.

일찍 예매한 덕분에 운 좋게 너무나 좋은 자리, 무려 앞에서 세 번째 줄 가운데 자리에서 감상하게 되었는데, 배우들의 실제 연기와 노래, 춤에서 느껴지는 아우라가 너무나도 강렬했다. 뮤지컬에 크게 관심이 없던 나조차 싶은 감동과 전율, 원초적인 '재미'를 느꼈다.

〈시카고〉를 감상하고 온 우리는 그야말로 〈시카고〉에 '중독'되어버렸다. 시도 때도 없이 이 뮤지컬의 사운드 트랙을 틀어놓고 따라 부르며 푹 빠져버린 것이다. 여행 내내 노래를 반복해 듣고 매일 회상하다 보니 한 번 더 보고 싶다는 생각이 들었다.

바로 그때, 친구가 '뉴욕 뮤지컬 위크' 기간이 시작되어 '1+1'으로 티켓을 싸게 구입할 수 있다고 했다. 우리는 바로 예매를 했고 한 번 더 뮤지컬을 보러 갔다.

새로운 배우들이 연기하는 〈시카고〉를 감상하면서 또 보러 오길 너무 잘했다는 생각이 들었다. 그때그때 매번 다른 연기와 관객과의 호흡도 새로웠고, 이전 배우들과 어떤 부분이 다른지 비교하면서 더 큰 재미를 느꼈다.

〈시카고〉 덕분에 우리의 여행은 뮤지컬 음악으로 가득 찼다! 〈시카고〉를 회상하고 그 사운드 트랙을 들을 때면 뉴욕 여행이 진하게 떠오른다. 뮤지컬이라는 매개체를 통해 뉴욕을 더 생생하게 기억할 수 있게 된 너무 행복한 경험이었다.

AMBASSADOR
CHICAGO
THE MUSICAL

한 달 살기의 특권?!

한 달이라는 길다면 긴 기간 동안 여행을 하면서 가장 좋았던 점 중 하나는 여유로움이었다. 나 또한 짧은 여행을 하거나 여러 나라를 거치는 여행을 할 때는 수많은 여행 가이드북의 '*박 *일 루트'라던가 '꼭 가봐야 할, 해봐야 할 리스트'를 참고했다. 그리고 짧은 여행 기간 중 무엇을 먼저 해야 할지 우선순위를 정하곤 했다.

하지만 이번 뉴욕 여행은 한 달을 한 도시에 머무는 첫 한 달 살기 여행이었다. 이번 여행만큼은 유명하거나 해봐야 하는 게 아닌, 여유 있게 하고 싶었던 것들을 해보자는 생각이 컸다.

그중 이번 여행에서 특히나 여유롭게 깊이, 다각도로 경험할 수 있었던 게 바로 '뮤지컬 감상'이다. 뉴욕의 중심 브로드웨이의 많고 많은 유명한 뮤지컬들! 유명하다고 알려진 뮤지컬 중 선택해서 보는 게 아니라 이전부터 보고 싶었던 뮤지컬을 여러 개 감상했고, 더 나아가

한 뮤지컬을 여러 번 보기도 했다.

여러분은 어떤 도시에서 한 달 살기를 하게 된다면 무엇을 여유롭게 그리고 폭넓게 경험해보고 싶은가? 생각해보는 것만으로도 가슴 두근거리게 하는 무언가가 있다면, 그것만으로도 벌써 그 여정이 시작된 것일지도 모른다.

뉴욕에서 본 뮤지컬에 관한 지극히 개인적인 후기

★ 슬립 노 모어 Sleep No More

- 배우들을 직접 따라다니면서 감상하는 신박한 형태의 연극! 그렇다 보니 세 시간 동안 뛰어다닐 채비를 하고 가야 한다. 겉옷을 맡길 수 있다는 장점이 있다.
- 연극 자체를 최대한 즐기고 싶다면 미리 줄거리와 동선 등을 파악하고 가는 것을 추천한다. (첫 공연을 보고 나서 차라리 내용을 미리 알았다면 좋았을 거라고 생각했다)
- 친구들과 같이 몰려다니기보다 자신의 길을 개척하는 쪽을 추천한다. 공연이 끝나고 함께 맞춰보는 재미가 쏠쏠하다.
- 다시 볼 거냐고 묻는다면, 당연히 또 본다고 말할 것이다. 왜냐하면 아직도 백 퍼센트 이해를 못했기 때문이다!

★ **시카고**Chicago

- 뮤알못의 인생 뮤지컬로 등극한 〈시카고〉. 미리 영화를 보고 가는 것을 추천한다. (영어 리스닝이 백 퍼센트 가능하다면 괜찮을지도…)
- 무조건 좋은 자리에서 관람하는 게 감동이 더 큰 듯하다. 최대한 미리 예매할 것을 추천한다.

★ **프로즌**Frozen

- 디즈니 덕후라면 봐줘야 하는 수많은 명곡을 가진 〈겨울왕국〉 뮤지컬! 아는 노래만 따라 불러도 너무나 즐겁다!
- 하지만 이 뮤지컬의 주 관람층이 어린이 친구들이라는 것을 숙지해야 한다. 조금 집중이 어려울 수 있다.
- 그럼에도 불구하고 비교적 매우 최근에 제작된 뮤지컬이기 때문에 무대장치와 구성 등이 세련된 편이다. 개인적으로는 너무 좋았다.

세끼관찰일기 In NEWYORK

슬립 노 모어 후기

오.. 근데 배우들 표정을 가까이서 볼 수 있는 게 너무 좋았던 것 같아
감정형 인간(F)
아니 후반에 엄청난 반전이 있다길래 이제 반전이 나오겠지.. 하면서 버텼는데! 갑자기 그냥 끝나버렸어!
쉬익
쉬익
사고형 인간(T)
난 너무 새로운 경험을 해서 넘넘 좋았어!! 또 보러 가고 싶어!
감정형 인간(F)
나는 이 내용을 이해를 해야겠어!
사고형 인간(T)

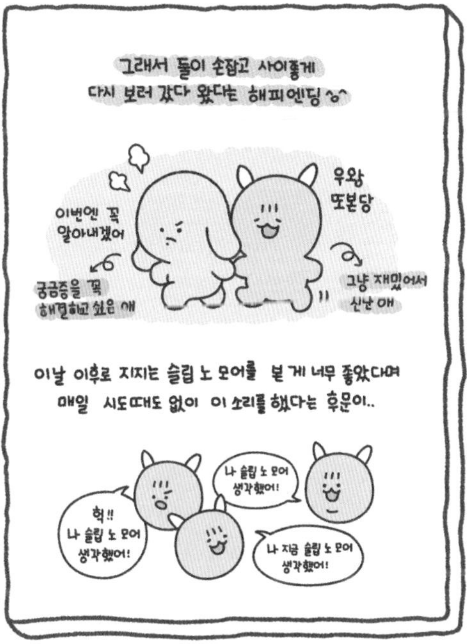

그래서 둘이 손잡고 사이좋게 다시 보러 갔다 왔다는 해피엔딩 ^^
이번엔 꼭 알아내겠어
우왕 또본당
궁금증을 꼭 해결하고 싶은 애
그냥 재밌어서 신난 애
이날 이후로 지지는 슬립 노 모어를 본 게 너무 좋았다며
매일 시도때도 없이 이 소리를 했다는 후문이..
헉!! 나 슬립 노 모어 생각했어!
나 슬립 노 모어 생각했어!
나 지금 슬립 노 모어 생각했어!

DAY 5

현지인처럼
영어 내뱉어보기

여행지에서 그 지역의 언어로 소통한다는 것은

또 다른 신세계가 펼쳐질

마법의 선물 상자를 여는 것

나의 영어 이야기

평소는 크게 느끼지 못하다가 여행만 하면 유독 크게 느껴지는 무언가가 있다. 그건 바로 실전 외국어, 언어의 장벽이다…! 고등학교 때 언어를 좋아하긴 했지만 외국어는 어려워하는 편이었고, 대부분의 한국 사람들이 그렇듯이 회화 경험은 전혀 없었다.

나의 첫 여행은 홍콩으로 떠난 출장이었다. 홍콩에서 일을 하다 우연히 친구들을 사귀게 된 적이 있다. 제2외국어로 영어를 자연스럽게 사용하는 홍콩 친구들과 떠듬떠듬 대화를 시도하며 친해졌는데, 문득 영어를 잘하면 얼마나 좋을까 하는 생각이 들었다. 이전까지의 시험을 위한 문법과 독해 위주의 영어가 아니라 정말로 '말할 줄' 알아서 다른 나라의 친구들과 소통하고 싶다는 생각을 처음으로 갖게 된 계기였다.

며칠간의 짧은 여행을 마치고 한국으로 돌아온 나는 영어를 잘하고 싶다는 생각이 간절했다. 그냥 막연하게 '영어 공부를 해야 하는데!'가 아니라 다음에 여행을 가면 혹은 그 친구들을 다시 만나면 내 생각들을 이야기하며 소통하고 싶다는 생각이 들었다.

그 이후 난 생애 처음 자발적으로 진짜 영어 공부를 위해 노력했다. 난이도가 높지 않은 영어 소설을 사서 조금씩 읽어보기도 하고, 영어회화 사이트에서 강의를 듣기도 했다. 더 나아가 영어 과외를 하는 지인에게 일주일에 1회 정도 영어로만 함께 대화하는 수업도 들었다(23세 때 시작한 영어 과외는 27세가 된 지금까지 빠지지 않고 하고 있다).

물론 영어 과외를 한다고 해서 원어민처럼 회화에 능통해진 것은 아니다. 하지만 약 4년간 '①여행을 통해 영어를 잘하고자 하는 의지 불타오름 ②여행을 다녀온 뒤 과외를 하며 열심히 영어 수련 ③다시 여행을 갔을 때 조금은 자신감이 붙은 더듬더듬 영어 실력 확인 ④다시 영어 공부'의 패턴을 반복하다 보니 나의 초라한 영어 실력이 그래도 차츰 나아지기 시작했다. 특히 여행에서 마주하는 여러 가지 상황 앞에 당황하지 않고 말해보려는 시도는 나의 영어 실력을 조금 더 단단하게 해주었고, 여행 체험의 폭 또한 넓혀주었다.

영어는 자신감이다!

사실 여행에서 실제로 사용하는 영어는 유창하거나 전문적일 필요가 전혀 없다. 발음도 문법도, 사실 실력도 그리 중요하지 않다고 생각한다. 제일 중요한 건 자신감이다! 내 발음이 좋지 않더라도, 내 문법이 정확하지 않더라도, 또 내 영어를 듣는 원어민이 내 말을 못 알아듣더라도 괜찮다. 일단 용기 내어 한마디라도 내뱉어보는 것, 그런 시도가 하나하나 쌓여 경험이 되고 성취감을 불러일으킨다.

나의 경우도 보잘 것 없는 영어와 일본어 실력으로 한 번, 두 번 대화를 시도하다 보니 나 자신이 대견스럽다는 생각과 함께 성취감이 쌓이고 조금씩 자신감이 붙었던 것 같다. 여행을 할 때마다 용기 내어 한마디씩 내뱉어보는 건 어떨까? 나처럼 관심 없던 영어의 새로운 매력에 푹 빠지게 될지도 모른다.

샘의 실전 야매 영어
(이거 한마디면 된다! 제일 자주 쓰게 되는 문장 모음집)

★ 영어를 아예 못해도 이거 하나면 살아남을 수 있는 문장들

1. Thank you/Excuse me

   너무 기본적이지만 여행에서 제일 많이 달고 사는 말

2. Where is ~/How can I get (to~)

   주로 화장실을 찾거나 간단히 길을 물을 때 쓰게 되는 표현

3. Can I get~

   음식점이나 카페 혹은 쇼핑할 때 제일 많이 쓰게 되는 표현

4. My English is not good

   (솔직히) 개인적으로 많이 썼던 표현…. 이렇게 말하면 상냥하게 대해준달까…

★ **미국에 도착하자마자 제일 떨리는 순간!**
입국 심사에서 주로 물어보는 것과 예상 답안

(동행한 네 명의 친구들과 내가 받은 질문 모음)

1. How long do you stay?(너 얼마나 머무니?)
   Xnights Xdays(X박 X일)
2. Where are you staying?(어디에 머무니?)
   호텔 이름이나 친구네 집(friend's house)이라고 말하는 것 추천
3. Are you staying alone?(혼자 왔니?)
   With my friends(친구랑 왔어)
4. What are you going to do?(뭐하러 왔니?)
   Just sight seeing(관광하러 왔어) 혹은 For travel(여행하러 왔어)
5. Do you have any meet or fruits or alcohol?(고기, 과일, 술 가져왔니?)
   No, I Don't(아니 안 가져왔어)

   의외로 네 명 모두 받은 질문

★ **음식점과 카페! 밥도 먹고 커피도 먹어야 하기에**

1. Can I get the bill?

   생각보다 정말 많이 쓰게 되는 말이며, 계산하겠다는 의지를 내비칠 수 있음

2. Do you guys have Korean menu?

   유명한 관광지의 레스토랑에서 가끔 써먹기 좋은 말

3. (메뉴 이름을 가리키며) This one, this one, and this one, please

   굳이 메뉴 이름을 다 읽을 필요는 없다. 확인만 잘하자!

4. Can you recommend popular menu/dish?

   뭘 먹어야 할지 모를 땐 물어보는 게 상책

5. One tall size iced latte with 1 vanilla syrup, please

   사실상 홍세림이 뉴욕에서 제일 많이 한 말(?)

6. 카페에서의 즐거운 경험을 위해 나만의 영어 이름을 정해 가는 것도 좋다

★ **쇼핑을 위한 실전 야매 영어 한마디**

1. (필요한 물건을 잡고 가리키며) Is there any other size/color?

   필요하다

2. I'm just looking around

   별표 열 개. 뭐 필요한 거 있냐고 물어볼 때 안 뻘쭘하다

3. Can I get more plastic bag

   마트에서 정말 많이 썼던 말

4. Where can I find ~

   넓디넓은 마트에서 우리의 시간은 소중하다. 빨리 찾아 장바구니로 쏙!

5. Could you throw it away?

   주로 영수증이나 신발 박스가 필요 없을 때 유용하다

여행에서 써야 할 말 적어보기

이 상황에선 이렇게 말해야지!
나만의 영어 표현을 미리 적어보자!

★ 절대 잊지 말아야 할 단어/문장들

(　　　　　)에서는 이렇게!

-

-

-

-

-

(   )에서는 이렇게!

-

-

-

-

-

(   )에서는 이렇게!

-

-

-

-

-

DAY 6

타임스 스퀘어에서
새해 맞기

해보지 않으면 영원히 몰랐을

뉴욕에서의 새해맞이 카운트다운,

그 벅찬 흥분의 순간들!

인생에 한번은
뉴욕 타임스 스퀘어 볼 드롭

인생을 살면서 죽기 전에 꼭 해보고 싶은 게 뭐냐는 질문을 받았을 때, 사람마다 손에 꼽는 버킷리스트가 있을 것이다. 내가 빼놓지 않고 상상한 버킷리스트 중 하나는 바로 뉴욕 타임스 스퀘어에서 0시 정각에 새해를 맞이하는 것!

새해를 해외에서 맞이하는 것 자체가 굉장히 설레고 의미 있는 일이지만, 이왕이면 대표적인 뉴욕의 타임스 스퀘어라면 더 좋겠다고 생각해왔다. 그래서 이번 여행을 크리스마스와 연말이 포함된 시즌으로 정한 이유도 사실 크리스마스뿐만 아니라 은연중에 “새해맞이를 뉴욕에서 해보겠노라!”라고 말한 게 컸던 것 같다.

뉴욕에서 가장 큰 이벤트 중 하나인 ‘볼 드롭Ball drop’을 보기 위해 매년 12월 31일, 세계 각지에서 100만 명이 넘는 사람들이 타임스 스퀘어에 모인다고 한다. 나는 사실 타임스 스퀘어에서 새해를 맞이해보고 싶다고만 막연하게 상상했었지, 실제로 어디에서, 어떻게 기다려야 하는지 전혀 감을 잡지 못했다.

뉴욕 현지에서 12월 31일이 다가오자 그때서야 발등에 불이 떨어진 듯 인터넷을 검색했다. 아니 세상에! 평균 대기 시간이 최소 열 시간이고, 좋은 자리를 선점하기 위해 새벽부터 나가 대기를 한단다. 게다가 한번 자리를 잡으면 화장실도 제대로 가지 못해 성인용 기저귀는 필수라는 코멘트까지…!

추운 겨울에 뉴욕 거리 한복판에서 꼼짝없이 열 시간 이상을 기다려야 한다고 생각하니 진짜 내가 해낼 수 있을지 고민스러웠다. 하지만 지금이 아니면 또 언제 뉴욕에서 새해를 맞이할 수 있을까 하는 생각에 뉴욕 새해맞이에 도전하기로 결심했다.

아직도 11시간이나 기다렸다는 게 믿기지 않는다!

다신 겪지 못할
생생한 새해맞이 경험담

2019년 12월 31일, 대망의 결전의 날! 아침 9시쯤 떨리는 마음으로 일어나 준비를 시작했다. 내가 과연 버틸 수 있을까 싶은 생각에 마치 시험을 치를 때처럼 긴장이 되기까지 했다. 게다가 정확히 어디로 가야 대기하는 구역으로 들어갈 수 있는지도 확실하지 않았기 때문에 불안감은 더욱 컸다.

일단 야외에서 오랜 시간 대기해야 하므로 방한용품들을 최대한 많이 챙겼다. 껴입을 수 있는 옷은 최대한 껴입고, 모자와 목도리, 장갑까지 착용했다(핫팩도 있기에 챙겼는데, 핫팩을 많이 챙기는 게 진정한 꿀팁이라는 것은 열한 시간을 겪고서야 깨달았다). 따로 음식을 사먹기도 힘들 것 같아 밥도 든든히 챙겨 먹고, 주먹밥과 샌드위치, 단백질바, 군것질거리 등을 야무지게 크로스백에 챙겨 길을 나섰다.

볼 드롭 당일은 교통이 통제되는 구역이 많다고 해서 조금 떨어져 있는 록펠러 센터 쪽 지하철역에 내려 무작정 입장하는 줄을 찾기 시작했다. 여러분은 타임스 스퀘어가 정확히 어디인지 아는가? 나는 이번 볼 드롭 행사 경험을 통해 뉴욕의 '애비뉴Avenue'와 '스트리트Street' 개념에 대해 찾아보며 다시 한 번 정확히 숙지할 수 있었다.

타임스 스퀘어는 뉴욕 7번가 42스트리트부터 50스트리트에 걸쳐 있는 나비 모양의 존이라고 한다. 어쨌거나 7번가로 들어가기 위해서는 6번가나 8번가 쪽에서 진입해야 한다는 글을 본 우리는 하차한 지하철역에서 가까운 6번가 쪽을 돌아다니다가 48스트리트에서 우연히 입장 줄을 발견했다! 30분에서 한 시간 정도 대기 후, 우리는 짐 검사를 받고 볼 드롭 행사 대기 존에 들어갈 수 있었다.

막상 들어가 어리둥절했던 건, 내가 어떤 구역으로 들어가게 될지가 랜덤으로 정해진다는 것이었다. 경찰들이 그때그때 상황에 따라 임의로 지시를 내려 비어 있는 구역으로 사람들을 들여보내는 듯했다. 일찍 온 사람보다 좋은 구역에 들어갈 수도 있고, 늦게 오면 아예 못 들어가는 구역이 생길 수도 있는 그야말로 '어떻게 될 지 알 수 없는' 현장이었다.

다행히 우리는 타임스 스퀘어의 메인 전광판('코카콜라'가 써 있는)과 볼 드롭 구조물의 가운데쯤에 자리를 잡게 됐다. 일정 공간에 많은 사람들이 빽빽하게 들어 차 있어서 보다 안정적으로 대기하기 위해 필사적으로 펜스 쪽으로 이동했다. 펜스를 잡을 수 있어서 오래 버티는 데 큰 도움이 됐다.

우리는 오후 1시부터 열한 시간 정도 한자리에서 대기했는데, 그러는 동안에도 실감이 나지 않았다. 너무나 긴 시간이었기 때문이다. 아직 해가 떠 있는 낮 시간에는 (멀찍이) 공연 리허설도 보고, 간식도 먹으면서 생각보다 수월하게 시간을 보냈다. 중반 즈음에는 피자를 파는 상인이 나타나 운 좋게 따뜻한 피자도 먹을 수 있었다. 그렇게 기력을 충전하며 몇 시간 정도는 나름 기분 좋게 버텼다.

하지만 서너 시간 정도 남았을 때 고비가 찾아왔다. 맑게 개어 있던 하늘에서 갑자기 소나기가 쏟아진 것이다. 날씨 예보로는 분명 하루 종일 맑다고 했는데… 멘붕이었다. 움직일 수도 없으니 어쩔 수 없이 고스란히 맞을 수밖에. 비가 온 뒤에는 급격히 추워지고 해도 떨어져 본격적인 추위와 고통의 시간이 엄습했다. 하지만 그보다 더 힘들었던 건, 최대한 음료나 물을 마시지 않았는데도 화장실이 너무도 가고 싶어졌다는 것이다.

두 시간이 채 남지 않은 시점에는 '와, 내가 아홉 시간을 기다렸다고? 이제 한 시간 정도밖에 남지 않았네?'라는 생각이 들며 너무나 기뻤다. 생각보다 드문드문이었지만 유명한 가수들이 공연도 하고, 나오는 음악에 맞춰 기념품으로 받은 풍선을 흔들며 버텼다.

우리가 참여했던 '2020 볼 드롭' 행사에는 우리나라의 BTS가 출연 가수 중 한 팀이었는데, 낯선 도시 한가운데서 낯선 사람들과 버티고 서 있는 이 순간, 우리나라 가수가 한국어로 노래를 부르고 있다는 게 그저 신기하기만 했다. 우리나라 가수가 나온다는 사실만으로도 커다란 위안이 되어 노래를 따라 부르며 힘을 얻었다.

볼 드롭 행사에서는 오후 6시부터 매시 정각마다 카운트다운 연습을 하는데, 생각보다 감흥이 없어서 걱정스러웠다. '실제 카운트다운도 그냥저냥 이런 느낌일까…?' 하는 생각이 들었다.

대망의 1월 1일 0시 정각이 되는 순간! 나의 걱정은 티끌조차 남지 않고 사라졌다. “10, 9, 8… 4, 3, 2, 1, 해피 뉴 이어!”를 외치는 순간, 감정이 벅차올라 눈물이 터질 것 같았다. 열한 시간을 힘들게 기다린 보람이 기대보다 훨씬 더 큰 순간이었다. 내가 여기에 있다는 것도, 2020년 새해를 타임스 스퀘어에서 맞이했다는 것도 여전히 실감 나지 않았다.

HAPPY NEW YEAR!
Volkswagen
hello
Light +FIT
#AddSomeLight
Add Some Light
hulu
ERNST & YOUNG
212.372.2349
HAPPY NEW YEAR
2020

해보지 않으면 영원히 모른다

아직도 카운트다운을 하던 그 순간을 잊을 수가 없다. 그토록 간절히 원하던 로망을 이루던 순간! 그 순간은 더할 나위 없이 눈부시고 아름다운 경험이었다. 낯선 곳에서 처음으로 겪어야 하는 과정 앞에 두려움과 걱정이 앞서기도 했지만 막상 해내고 나니 마음이 뿌듯하고 훨훨 날아갈 것만 같았다.

난생처음 뉴욕 타임스 스퀘어 볼 드롭을 경험하면서 아주 진하게 느낀 한 가지가 있다. '해보지 않으면 영원히 모른다!' 걱정이 많을지라도, 고민이 될지라도 일단 해봐야 그것에 대해 알게 된다는 것이다. 직접 경험해보는 것만큼 소중한 것은 없다. 머릿속에서만 맴도는 오랜 생각들, 이제 도전해보자! 값진 보석이 될 것이다.

볼 드롭 당시에 찍힌 사진들이 실제로 해외 기사에 잔뜩 실렸다!

www.xinhuanet.com

新华网 NEWS NORTH AMERICA

People participate in New Year celebration on Times Square in New York

Source: Xinhua | 2020-01-01 15:17:13 |

People attend the New Year celebration at Times Square in New York, the United States, Dec. 31, 2019. (Xinhua/Li Muzi)

alamy

Search for images | All images

Time Square, New York, USA, December 31, 2019 - Hundreds of Thousands of People Waited for Hours to See the Ball Drop at Time Square and to Celebrated New Years Eve 2020 Today in New York City.Photo: Luiz Rampelotto/EuropaNewswire PHOTO CREDIT MANDATORY. | usage worldwide -

Image ID: 2AHR971

Download preview   Save to lightbox

Time Square, New York, USA, December 31, 2019 - Hundreds of Thousands of People Waited for Hours to See the Ball Drop at Time Square and to Celebrated New Years Eve 2020 Today in New York City.Photo: Luiz Rampelotto/EuropaNewswire PHOTO CREDIT

DAY 7

3대 미술관 정복하기

큐레이터를 꿈꾸던 시절을 기억하며

모마와 메트, 휘트니 등

뉴욕의 미술관을 둘러보는 감동의 시간들

미술관과 나

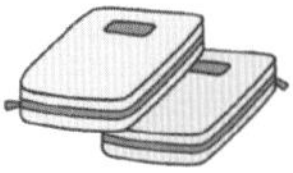

누구나 "넌 커서 뭐가 되고 싶니?"라는 질문을 받아본 적이 있을 것이다. 나의 경우엔 꽤나 구체적인 직업을 이야기하곤 했다. 바로 '큐레이터'라는 직업이었다. 어렸을 때 막연히 미술관을 좋아했기 때문에, '이다음에 크면 미술관에서 일하고 싶다!'라는 생각을 갖고 있었던 것 같다. 하지만 큐레이터라는 직업은 나에게도 생소한 것이어서 나름대로 그 직업을 이해하기 위해 노력했던 기억이 난다.

고등학교 땐 자진해서 종종 미술관을 찾았고, 그때마다 미술관 관람 일지를 만들어 기록했다. 스무 살, 수능시험을 끝내고 난 뒤에는 본격적으로 혼자 미술관 견학을 다녔다. 대학생이 되어서는 원래 가고 싶었던 예술학과를 복수 전공하며 공부까지 했다.

결국 큐레이터라는 직업의 길로 들어서진 못했지만, 이처럼 나에게는 미술관에 대한 마음가짐이 남달랐던 시절이 있었다. 그래서 항상 유명한 미술관에 대한 로망이 컸던 것 같다. 미술관에 대한 열정이 넘쳤던 그 시절을 기억하며, 이번 뉴욕 여행에서도 가보고 싶었던 여러 미술관을 방문했다.

제일 좋아하는 작가, 모네의 작품 앞에서

뉴욕의 미술관들, 모마와 메트 그리고 휘트니

'뉴욕의 미술관' 하면 항상 떠올리던 모마(MoMA: The Museum of Modern Art의 애칭)에 제일 먼저 가게 됐다. 특히 이곳은 뉴욕 현대 미술관이라는 이름에 걸맞게 근현대 미술 거장들의 작품이 많아서 미술에 큰 관심이 없는 사람들도 비교적 재미있게 관람할 수 있다. 시간이 된다면 꼭 한번 둘러볼 것을 추천한다.

우리에게 익숙한 고흐, 고갱, 세잔, 마네, 모네, 클림트, 샤갈, 마티스, 피카소의 작품을 관람할 수 있을 뿐만 아니라, 미국 현대 미술 중에서도 특징적인 앤디 워홀, 로이 리히텐슈타인 등의 팝아트 작품도 만나볼 수 있다. 여유롭게 작품들을 둘러보며 미술관을 거닐다 보면 내가 뉴욕에, 그것도 뉴욕의 미술관에 와 있다는 게 실감날 것이다.

나는 미술관에 가면 전시도 전시지만 빼놓지 않고 꼭 들르는 곳이 있다. 바로 아트샵! 전시 작품이 활용된 굿즈를 구경하고, 사 모으기도 하고, 인상적인 전시였다면 전시 도록도 꼭 구매하는 편이다.

모마에서도 당연히 아트샵에 들렸는데, 모마의 아트샵은 규모도 큰 편이고 구경할 것들이 굉장히 많았다. 유명한 작품의 다양한 굿즈뿐만 아니라, 아이디어 디자인 상품들이 즐비해서 또 다른 작은 전시를 보는 듯한 기분을 느낄 수 있다. 아트샵에 가면 빼놓지 않고 사는 포스터와 엽서, 자석 그리고 도록까지 구매했다.

어렸을 때는 공부를 하기 위해 구매했다면, 지금은 이 굿즈들을 통해 미술관에 대한 애정과 추억들을 기억하기 위해 구매하는 편이다. 세월이 한참 지나도 이 기념품들을 꺼내볼 때마다 당시와 같은 느낌으로 그때의 작품들과 미술관을 되새길 수 있다.

다음으로는 또 하나의 유명 미술관인 메트로폴리탄 미술관에 다녀왔다. 애칭으로 '메트The Met'라고도 불리는 메트로폴리탄 미술관은 고대부터 현대, 그리고 동서양을 아우르는 방대한 컬렉션을 보유한 미국 최대의 미술관이다.

모마와는 규모부터 달라서 일단 가이드 맵과 오디오 가이드를 챙겨

메트로폴리탄 미술관의 대표 작품인 고흐의 <자화상>

휘트니 미술관의 옥상 테라스에서

동선을 살폈다. 지도에 쉽게 관람할 수 있는 동선이 추천되어 있었기에 욕심을 버리고 여유롭게 그 동선을 따라 산책하듯 가벼운 마음으로 작품들을 관람했다. 넓기도 하고, 워낙 다양한 형태의 미술품이 많아서 모든 작품을 다 이해하려 하기보다는 알면 아는 대로, 모르면 그냥 느껴지는 대로 자유롭게 관람하며 즐거운 시간을 보냈다.

마지막으로 다녀온 미술관은 첼시 근처의 휘트니 미술관이다. 마지막 숙소가 하이라인 파크 첼시 지구 근처에 있어서 자주 산책을 하곤 했는데, 하이라인 파크 노선을 따라 쭉 걸어 내려가면 나오는 건물이 바로 휘트니 미술관이다.

휘트니 미술관은 앞서 다녀온 미술관들에 비해 훨씬 여유롭고 한적한 느낌이다. 옥상에는 커피숍과 야외 테라스가 있어서 미술관도 관람하고 바람도 쐴 수 있다. 예전에는 미술관의 특별 전시나 유명 소장품을 직접 보는 게 중요한 포인트였다면, 지금은 (특히 여행객으로서) 그 미술관을 충분히 즐기고 여유롭게 산책을 한다는 마음으로 즐기게 된 것 같다.

비록 그때의 꿈은 아닐지라도

큐레이터라는 직업을 꿈꾸었던 나는, 어쩌다 보니 일상을 많은 사람들과 공유하는 '유튜버'라는 직업을 갖게 됐다. 10대에서 20대의 또래 구독자 친구들은 나에게 직업, 그리고 꿈에 관한 질문들을 던지곤 한다. 공감하는 질문 중 하나는 "제가 가고 있는 이 길이 제 길이 맞는지 모르겠어요"라는 것이다. 사실 나 역시 고등학교와 대학교 시절 내내 고민해온 큐레이터라는 직업이 있었고, 그 일을 하고 싶다는 생각에 매여 그것만을 위해 노력해왔기 때문이다.

그러나 결국 나는 유튜버라는 아예 새로운 직업을 갖게 됐다. 하지만 나는 내가 노력했던 그 시간들이 결코 헛되다고 생각하지 않는다. 뿐만 아니라 그것과는 전혀 다른 길을 걷고 있다고도 생각하지 않는다.

큐레이터라는 직업을 갖진 못했지만, 그 직업을 갖기 위해 노력했던 나름의 시간들은 나에게 정말 값진 경험이었다. 꿈꿔왔던 그 길이 내

길이 아니었을지라도, 나는 그 꿈을 이루기 위해 처음 주체적으로 계획을 세웠고, 여러 방면으로 다양한 시도를 해보았다. 꿈을 위한 그 노력들은 또 다른 꿈을 위한 밑거름이 됐다. 그때의 순수한 노력의 과정이 있었기에 지금 새로운 분야의 직업을 가질 수 있게 되었다고 생각한다.

지금 나는 유튜버로 일하지만, 이 직업 나름의 방식으로 한때 열망하던 미술관을 즐길 수 있게 됐다. 유튜버로서의 나는 여행을 하면서 자유롭게 미술관을 즐기고, 공부했던 내용을 떠올리며 친구와 이야기를 나눈다. 또 미술관을 다니는 추억들을 영상으로 남겨 또 다른 방식으로 미술관을 즐기게 됐다.

미래에 새로운 직업을 갖게 되더라도 (이런 일련의 경험들을 통해) 그 직업 나름대로 나의 경험들을 활용할 수 있을 거라는 확신을 갖게 됐다. 그 길이 자신이 꿈꾸던 길이 아니어도 괜찮다. 그 길을 향한 노력들은 어느 것 하나 쓸모없지 않을 것이다. 그리고 새로운 꿈을 위한 발판이 될지도 모른다!

공연, 전시회 일기

잊지 못할 감동적인 순간을 티켓과 함께 기록하자!

날짜　　　　년　　　월　　　일　　　요일　날씨

제목 :

DAY 8

자유의 여신상
보러 가기

여행에 정답은 없다!
각기 다른 여행 스타일이 어우러져
즐거움을 폭발시키는 뉴욕의 랜드마크!

서로를 위한 여행 취향 테스트

친구와 여행을 떠날 때 꼭 해보면 좋다는 '여행 취향 테스트'에 대해 아는가? 혹시 같이 여행을 가고 싶거나 혹은 가게 될 친구가 있다면 아래의 여행 취향 테스트를 해보자.

여행 스타일은 누군가와 함께하는 여행에 있어서 생각보다 중요하다. 특히 처음으로 함께 여행을 계획하는 친구가 있다면 미리 의견을 나누어보는 것도 나쁘지 않다.

여행 취향 테스트

여행지	북적북적 번화한 도시가 좋아	한가로운 자연 풍경이 좋아
계획	미리 계획해놓아야 마음이 편해	즉흥적으로 가고 싶은 곳에 가자
항공	항공은 역시 직항	경비 절감을 위해 경유도 상관없어
숙소	숙소에 투자하는 건 아깝지 않아	자러온 게 아니야! 다인실도 괜찮아
음식	먹는 건 중요해! 유명 맛집은 가야지	끌리는 대로! 배만 안 고프면 돼
교통	조금 걷더라도 괜찮아, 대중교통 이용	우리의 체력은 소중해, 택시 이용
경비	돈은 알아서 쓰자. 나중에 n분의 1	공금을 걷어서 같이 쓰자
성향	이왕 온 여행, 알차게 돌아다녀야 해	느긋하게 즐기면서 천천히 다니자
목적	여행은 쇼핑! 온 김에 사야 돼	여행은 관광! 명소는 봐야 해

랜드마크와 다양한 여행 스타일

몇 년 전만 해도 여행을 할 때면 '이왕 왔으니까…' 하는 마음이 컸던 기억이 난다. 특히 어떤 나라의 '랜드마크'라 불리는 유명 관광지는 꼭 가봐야 한다고 생각했던 것 같다. 하지만 여행의 빈도가 잦아지면서 점점 느긋해지고, '꼭 가야 해!'라는 마음이 사그라져 조금 더 여유로운 여행을 지향하게 됐다.

그러다 보니 이번 여행에서도(게다가 한 달 여행이었으니) 뉴욕의 유명한 스폿들을 꼭 가봐야겠다는 마음이 없었다. 항상 함께하는 여행메이트 주희도 나와 여행 스타일이 비슷해 명소에 대한 욕심이 없는 편이다. 하지만 이번 여행은 새로운 조합으로 무려 네 명이 합을 맞추는 첫 여행이다 보니 조금 더 서로의 여행 스타일을 배려해야 했다.

함께 여행한 친구 중 한 명은 몇 년 전의 나처럼 계획 세우기를 좋아하고 관광지에 관심이 많은 친구였다. 친구는 주도적으로 우리와 함께 다닐 스폿을 알아봤고, 다행히 나를 포함한 나머지 친구들은 큰 거부감 없이 그 친구의 계획을 따랐다. 친구는 '빅애플패스'라는 가고 싶은 주요 관광지를 조금 더 저렴하게 묶어 다닐 수 있는 입장권의 정보를 알아와 미리 준비했고, 덕분에 우리는 생각보다 알차게(?) 여행을 다닐 수 있었다.

친구가 준비한 빅애플패스에는 '뉴욕' 하면 제일 먼저 떠오르는 자유의 여신상을 볼 수 있는 크루즈 입장권도 포함되어 있었다. 하지만 앞서 말했듯이 예전처럼 랜드마크에 썩 관심이 없던 나는 처음엔 시큰둥했다. 하지만 친구의 손을 잡고 바람을 쐬며 크루즈를 타고 자유의 여신상을 구경하며 사진도 찍고 하다 보니 이내 즐거워졌다. 막상 시간을 내 뉴욕의 랜드마크를 방문하니 여행하는 기분도 한껏 느껴지고 알차게 보냈다는 생각도 들었다.

함께 새로운 여행을 즐기는 방법

계획이나 관광지에 관심이 없는 친구, 관심이 많았지만 좀 더 느긋한 여행을 추구하게 된 나, 그리고 알찬 정보나 랜드마크에 관심이 많은 친구. 여행을 떠나기 전 우리는 서로의 성향이 각기 다른 것에 대해 걱정했다. 그러나 걱정과 달리 랜드마크도 여유롭게 구경하고, 찍고 싶은 사진도 찍으며 모두 만끽할 수 있는 즐거운 여행이었다.

친구들과 뉴욕을 여행하면서 크게 느낀 점 중 하나는 다양한 여행 취향과 스타일이 있지만 꼭 정답은 없다는 것, 그리고 서로의 스타일을 절충하며 여행을 즐기면 더 풍부하고 새로운 시간들로 채울 수 있다는 것이다.

계획이나 관광지에 관심이 많은 친구 덕에 여러 경험을 해볼 수 있었고, 즉흥적인 친구 덕에 새로운 스폿을 발견할 수도 있었으며, 느긋한 친구 덕에 여유로움도 누릴 수 있었다. 여행을 함께한다는 게 쉬운 일은 아니지만, 서로에게 조금 더 집중하고 배려하면 충분히 멋진 여행이 될 수 있다.

또한 나처럼 여행을 즐기는 방식이 바뀌기도 한다. 여행을 할 때는 '난 이러이러한 스타일이야!'라고 못박아두기보다는 모든 가능성을 열어놓고 자신만의 스타일을 만들어 가는 것도 좋다. 여러 경험들이 모여 또 다른 나만의 스타일을 만든다. 겁먹지 말고 새로운 모든 것에 부딪쳐보자!

친구들과 함께 즐긴 '빅애플패스' 정보

★ 빅애플패스: 여행자들에게 인기 높은 관광 명소 Top 37곳 중 1-7개를 선택해 최대 64퍼센트까지 할인받을 수 있는 패스

★ 구입처: '타미스 홈페이지'에서 구매 가능. 뉴욕 현지 수령처에서 교환

★ 구매 상품/가격: 빅7/약 $167(한화 20만 원 정도)

★ **선택한 목록**

1. 엠파이어 스테이트 빌딩 전망대
2. 탑 오브 더 락 전망대
3. 자유의 여신상 스카이라인 데이 크루즈
4. 모마(뉴욕 현대 미술관)
5. 메트로폴리탄 박물관
6. 더 투어 버스
7. 우드버리 아울렛 왕복 버스

DAY 9

한복 입고
인생 사진 찍기

남는 건 사진뿐이라고 했던가!
여행의 설렘을 오래오래 되새기게 해주는
스냅사진으로 찍는 나만의 인생 컷!

뉴욕과 스냅사진

주로 영상 찍는 일을 하는 나는 사진을 찍거나 찍히는 것에 크게 관심이 없다. 그렇다 보니 여행을 다녀온 뒤 어쩌다 앨범을 뒤져보면 볼 만한 사진이 거의 없다. 요즘에는 여행을 다니면서 잊지 못할 순간순간을 사진으로 남기려는 사람들이 많다 보니 스냅사진 찍는 게 유행인 것 같다.

'스냅사진'이란 재빠르게 움직이는 피사체를 촬영해 자연스러운 동작이나 표정을 포착하는 사진이라는 뜻인데, 내가 느끼는 요즘의 스냅사진은 여행지의 유명한 포토 스폿에서 전문가가 찍는 정도의 사진이다. 뉴욕에서 한 달이라는 길다면 긴 시간을 머무르는 만큼 이번에는 좀 괜찮은 사진 몇 장 정도는 남겨야 하지 않을까 하는 생각이 들었다.

내친김에 스냅사진을 촬영해주는 업체를 알아봤다. 뉴욕의 대표적인 포토 스폿인 타임스 스퀘어나 한국인에게 특히 인기가 많은 듯한 브루클린의 덤보 등 촬영 코스가 많았다. 아무래도 많은 사람들이 찍는 곳이기도 하고, 스냅사진 업체도 다양하고, 또 선례도 많아 한번 해볼까 고민하다가 결국 예약을 관뒀다.

사실 처음 보는 낯선 사람과 합을 맞춰 피사체가 되어야 한다는 게 제일 큰 이유였고, 또 하나는 조금 더 특별한 사진을, 원래 스냅사진의 뜻에 걸맞은 자연스러운 사진을 찍어보고 싶다는 생각이 들었다. 그래서 우리는 셀프 스냅사진 촬영에 도전해보기로 했다. 그것도 한복을 입고!

우리는 이왕이면 기억에 남을 특별한 사진을 찍고 싶은 마음에 스냅사진 예약을 포기하고 생활 한복을 판매하는 쇼핑몰에 접속했다. 조금 더 욕심을 내 친구와 디자인을 맞춰 치마, 저고리와 저고리 모양의 코트를 구매했는데, 막상 촬영할 때는 평상복 위에 저고리 코트만 걸치고 찍었다. 그게 좀 더 편안하고 자연스러워 보였다.

타임스 스퀘어나 덤보, 브루클린 브리지에서 찍어야 할지 고민하다

가 2주간 머물렀던 윌리엄스버그 집 앞에서 찍기로 결정했다. 전문가가 아니기 때문에 사람이 많고 정신없는 장소에서 사진을 잘 찍을 자신이 없기도 했고, 오히려 2주간 매일 마주했던 집 앞 풍경이 더 뜻깊게 느껴졌기 때문이다. 한적하고 익숙해서 마음껏 자유롭게 사진을 찍어볼 수 있겠다고 생각한 우리는 간단히 채비를 마치고 집 앞으로 나갔다.

셀프 스냅사진 도전기

영상 촬영을 위해 평소 사용하는 (나름) 좋은 렌즈와 DSLR 카메라가 숙소에 있었지만, 우리는 그 카메라로 스냅사진을 찍을 수 없었다. 왜냐? 어떻게 찍는지 몰라서다. 많은 사람들이 카메라 장비에 대해 물어보지만, 나는 사실 전문가가 아니다.

몇 년간 카메라로 영상 찍는 법을 익히기 위해 독학을 했다. 말 그대로 몸으로 부딪치면서 나에게 맞는 카메라 사용법을 터득했다. 영상을 편집하는 데 필요한 지식들을 찾아 배우면서 그에 관한 카메라 사용법은 익혔으나 사진에는 크게 관심이 없던 터라 그에 대해서는 기초 지식조차도 없었다.

사진에 관심이 많은 사람들도 있겠지만, 나를 포함해 사진 초보자인 분들에게 여행 사진을 위한 카메라를 추천하자면 감히 '똑딱이' 카메라를 권한다. 똑딱이란 현재와 같이 다양한 카메라가 나오기 전에 일

명 '디카'라 불리던 디지털 카메라를 말한다. 렌즈를 바꿔 낄 수도 없고 DSLR이나 미러리스 카메라보다 센서도 작은 편이지만, 가성비가 좋고 여행이라는 특성에 알맞게 몸체가 가볍다. 핸드폰으로 사진을 찍는 게 아쉬웠다면 예산에 맞는 똑딱이 카메라 하나쯤을 구비해 가는 것을 추천한다.

어쨌든 끝내 DSLR로 촬영하는 사진 조작법에 익숙해지지 못한 나는, 평소 자주 사용하는 똑딱이 카메라와 '자동 인텔리전트 모드'를 통해 촬영을 시작했다. 집 앞 그라피티가 가득한 벽 앞에 위치를 잡고 삼각대를 세워 똑딱이 카메라를 고정시켰다. 자동 모드로 놓고 타이머 기능으로 촬영해보니 생각보다 잘 나오는 게 아닌가! 괜히 걱정했나 싶을 정도였다.

처음에는 구도나 포즈를 잡는 게 조금 어색하고 민망했지만, 길거리에 오가는 사람도 없고 편하게 촬영을 하다 보니 점점 긴장감이 사그라졌다. 이런저런 포즈를 취해보기도 하고, 카메라 위치를 변경해보기도 했다.

아무래도 바로 집 앞이다 보니 부담감도 덜하고, 필요한 게 있으면 언제든 집에 들어가 가져올 수 있다는 생각이 안정감을 주어 오히려 쉽고 빠르게 촬영을 마쳤다. 마음에 드는 사진을 바로바로 확인하면서 15분만에 촬영을 끝내고 곧바로 집으로 쏙 들어갔다.

초보자를 위한 팁!

이런 말을 하는 게 웃기긴 하지만 나는 보정 또한 전문가가 아니다. 흔히 말하는 포토샵을 나는 제대로 배운 적이 없다. 이 또한 생존을 위해 (유튜브 영상 약 400개의 섬네일을 어떻게든 만들면서) 익히게 되었는데, 포토샵을 다룰 줄 모르면 익숙한 앱을 사용해도 괜찮다. 하지만 조금 더 욕심이 생긴다면 요즘 유튜브에 초보자를 위한 쉬운 보정법이 많이 올라와 있으니 한번 도전해보는 것도 추천한다!

결과적으로 손에 익은 똑딱이 카메라와 삼각대 그리고 볕이 잘 드는 익숙한 장소만 있으면 얼마든지 멋진 사진을 찍을 수 있다. 조금 더 자세한 준비물 정보를 소개한다.

초보자를 위한 셀프 스냅사진 준비물 추천

★ **똑딱이 카메라**

1. 오랫동안 잘 사용해온 기종은 '캐논 g7x mark2'라는 카메라. 60만 원대의 가격에 비해 추천할 만하다. 막 사진을 찍기에도 괜찮고, 개인적으로는 가벼운 브이로그용 카메라로 잘 써왔다!

2. 뉴욕 여행에 가져가 실제로 셀프 스냅사진도 찍고 영상 촬영에도 활용한 카메라는 '소니 rx100m7'. 140만 원 정도의 비싼 가격이지만 나름 만족스럽게 사용하고 있다. 앞서 말한 캐논의 카메라보다 두 배 이상 비싸지만 두 배로 좋은 것은 아니다. 하지만 조금 더 퀄리티 높은 촬영에 관심 있는 사람들에게는 추천한다. 예산과 자신에게 필요한 기능들을 더 알아보고 비교해 구매하면 좋을 것이다.

★ **삼각대**

1. 개인적인 소견으로는 가격이 높을수록 안정적이고 탄탄한 게 삼각대다. 주로 맨프로토 브랜드의 30~40만 원 정도의 삼각대를 사용하고 있다(모델명은 맨프로토 비프리 라이브).

2. 하지만! 초보 셀프 스냅사진 도전을 위해서는 그렇게 비싼 삼각대를 구비할 필요가 없다. 무겁고 부담스럽기만 할 뿐이니 팬시점에서 판매하는 적당한 높이의 아무 삼각대를 준비해도 괜찮다.

인생 사진 붙여보기

MEMO

MEMO

DAY 10

현지
마트 털기

현지인들이 즐겨 찾는 마트에서 장을 보고
미드 속 주인공처럼 브런치를 만들어 먹는 여유는
한 달 살기의 또 다른 즐거움!

한 달 살기의 동반자, 동네 마트

뉴욕의 물가는 대체적으로 높은 편이며, 지역에 따라 더 비싼 곳도 있다. 끼니를 해결할 때 레스토랑에서 밥을 먹는 경우에는 팁도 추가되기 때문에 비용이 매우 부담스러워진다. 그래서 우리는 자연스레 첫 끼니는 간단히 요리를 해서 먹곤 했다.

나는 개인적으로 요리하는 걸 굉장히 좋아해서 취사가 가능한 숙소만 이용한다. 사실 금전적인 부담도 줄일 수 있지만 친구들에게 음식을 만들어 먹이는 게 여행에 있어서의 또 다른 즐거움이다.

여기서 나의 즐거움을 크게 증폭시키는 기폭제는 바로 '마트 털기'다. 원래도 '무엇을 조합해서 요리를 만들어볼까?'를 상상하며 장을 보는 걸 좋아하는데, 외국에서 장을 보면 새로운 재료와 그 나라의 음식 브랜드를 구경하는 재미에 정신을 못 차릴 정도다.

뉴욕에서 한 달간 지내는 동안에도 거의 현지인 수준으로 자주 장을 봤다. 한국에서 흔히 볼 수 없는 재료나 브랜드의 음식을 사보기도 하고, 한국에서 가져온 라면 등에 어울릴 법한 미국 마트에서 파는 음식들을 조합해 먹기도 했다. 그리 대단한 요리는 아닐지라도 이것저것 사고 만들어보면서 뉴욕 여행의 소소한 추억을 쌓았다.

한 달간 먹었던 최애 메뉴
#1-시리얼

뉴욕에서 지내는 한 달 동안 특히 많이 먹은 음식 중 하나는 바로 시리얼과 우유다! 우리는 마트에 갈 때마다 시선을 사로잡는 형형색색의 다양한 미국 시리얼을 그냥 지나치지 못하고 한참씩 구경했다. 그러고는 각자 먹어보고 싶은 새로운 시리얼을 한 개씩 품고 집으로 돌아오곤 했다.

마트에 갈 때마다 몇 개씩 사 모으다 보니 전시장처럼 집에 시리얼이 쌓여갔고, 덕분에 우리는 매일 아침마다 우유와 시리얼을 먹었다. 왠지 미드의 주인공이 된 것 같은 기분을 만끽하며 네 명이서 매일 우유 2리터를 비웠다.
게다가 우리나라에는 없는 'whole milk' 맛이 그렇게나 좋아서 매번 감탄하며 시리얼을 열심히 먹었던 것 같다. 미국에 여행을 간다면 마트에 들려 맘에 드는 시리얼과 우유를 사와 아침에 먹어보면 어떨까? 또 다른 추억이 될 것이다.

미국에서 먹은 시리얼과 한줄평

★ Corn Flakes

닭 일러스트가 인상적인 아주 기본적인 플레이크 형태의 시리얼. 다른 시리얼들이 너무너무 달아서 균형을 맞추기 위해 구매했다. 그냥 집어 먹어도 고소하고 맛있는 맛.

★ Cheerios

각종 마트에서 제일 많이 보이는 시리얼 중 하나. 다양한 맛이 있고, 달달 고소한 미니 퍼프 형태. 선호하는 맛의 치리오스가 있다면 시도해도 좋다.

★ Fruit Loops

우리나라의 '후르트링'. 왜 그랬는지 뉴욕에서 정말 많이 먹었다.

★ Annie's Friends Bunnies

귀여운 토끼 모양의 퍼프 시리얼. 담백하면서 코코아 맛이 나 계속 먹기 좋다.

★ Honey Bunches of Oats(pecan&maple brown sugar)

개인적으로 뉴욕에서 먹었던 베스트 시리얼. 피칸 등의 견과류가 섞여 있고, 플레이크 형태의 시리얼에 메이플 시럽이 덮여 있다.

★ Lucky Charms

TV가 있는 숙소에서 하루 종일 이 시리얼 광고를 본 기억이 있다. 마시멜로우 퍼프가 섞여 있어 굉장히 달달하다.

★ Chips Ahoy

'Chips Ahoy'라는 쿠키가 좀 더 먹기 쉽게 시리얼로 나온 듯. 개인적으로는 크게 선호하지 않지만, 친구들이 너무 좋아해서 세 통 이상 비웠다.

Chocolate
PEANUT BUTTER
Kellogg's
FROOT LOOPS
Birthday Cake
LIMITED EDITION
Honey Nut
Cheerios
Medley Crunch
WHOLE GRAIN OATS
French Toast Crunch
BURSTING WITH SYRUP & CINNAMON TASTE
Lucky Charms
Lucky Charms
Gluten Free
Honey Nut
Cheerios
made with Real Honey
CAN HELP
LOWER CHOLESTEROL
AS PART OF A HEART HEALTHY DIET
Honey Nut
Cheerios
WHOLE GRAIN OATS
Gluten Free
LARGE SIZE
Honey Nut
Cheerios
FREE INTERACTIVE TATTOOS
LARGE SIZE
Honey Nut
Cheerios
Real Honey
FREE INTERACTIVE TATTOOS
STAR WARS
LARGE SIZE
Cheerios
100% WHOLE GRAIN OATS
LOWER CHOLESTEROL
LARGE SIZE
Cheerios
100% WHOLE GRAIN OATS
can help
LOWER CHOLESTEROL

한 달간 먹었던 최애 메뉴
#2-불닭볶음면

솔직히 말하자면 여행을 갈 때마다 가장 먼저 챙기는 것 중 하나가 '불닭볶음면'이다(영상을 즐겨 보는 독자라면 익히 알고 있을지도). 여행지에서 매운 음식이 당길 때 개인적인 필수템일 뿐만 아니라, 조리법이 너무나 간단해서 급하게 한 끼를 때우기에도 제격이다.

하지만 나는 여러 가지 음식을 조합해 먹는 걸 좋아해 그냥 불닭볶음면만 먹는 경우는 거의 없다. 그래서 매번 뉴욕 마트에서 산 여러 가지 재료들과 함께 불닭볶음면을 만들어 먹었다.

불닭볶음면과 최애 조합

★ K-불닭과 뉴욕 브런치의 만남

(까르보 불닭볶음면 + 베이컨 + 달걀프라이)

내가 발견한 최고의 조합. 쉽게 마트에서 구입할 수 있는 베이컨과 달걀, 즉 브런치 메뉴 구성 그대로를 까르보 불닭볶음면과 섞어 먹으면 최고의 맛을 경험할 수 있다.

★ 얼큰한 국물이 먹고 싶을 땐 불닭볶음탕면

(불닭볶음탕면 + 스테이크)

면류만 먹기에는 단백질이 부족하다. 마트에서 좋아하는 소고기 부위를 사와 구워서 같이 먹으면 안정적인 조합. 특히 얼큰한 국물이 먹고 싶을 때 국물 한 숟갈 떠먹고, 면과 고기를 싸서 먹어보길!

★ 짜계치는 항상 옳다, 불닭 짜계치

(짜장 불닭볶음면 + 계란 + 치즈)

짜장 라면을 좋아하는 사람이라면, 미국 마트에서도 간간히 보이는 짜장 불닭볶음면에 매운 맛을 융화시켜줄 계란과 치즈를 넣어 먹어보라. 간단하고 맛있는 한 끼!

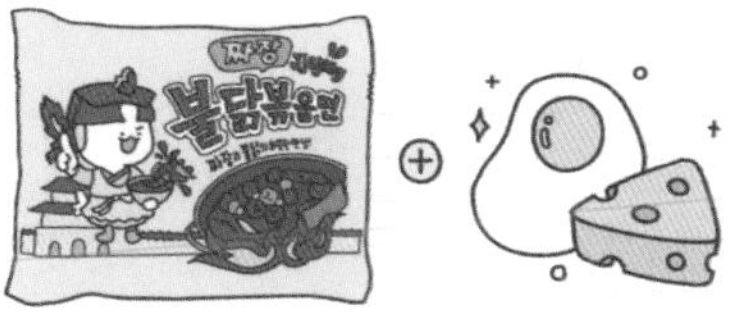

★ 마라 불닭볶음면과 삼겹살

(마라 불닭볶음면 + 삼겹살)

우리나라에 희귀한 '마라' 불닭볶음면! 발견하면 사와서 끓여 먹어보길 추천. 마라 맛이 강하지 않지만 은은하게 중독성 있는 맛. 그냥 먹으면 심심하니 미국에서 매우 저렴한 삼겹살을 곁들이면 정말 잘 어울린다.

DAY 11

센트럴 파크에서 조깅해보기

크림치즈 잔뜩 바른 베이글을 먹고
센트럴 파크에서 조깅을 하고 브런치를 즐기며
도심 속 자연을 만끽하는 뉴요커의 하루

뉴욕과 센트럴 파크

빽빽한 빌딩숲으로 이루어진 격자무늬의 뉴욕 지도를 가장 크게 차지하고 있는 부분이 있다. 바로 센트럴 파크! 그 어디보다 도시스러운 뉴욕 한가운데 지어진 대자연이다. 뉴욕 하면 가장 먼저 떠올리는 이미지는 운동복을 입고 베이글을 든 뉴요커가 저 멀리 빌딩숲이 보이는 센트럴 파크에서 조깅하는 모습이었다.

어떻게 보면 좀 뻔한 환상일 수도 있지만, 나는 뉴욕에 가면 꼭 센트럴 파크에서 진짜 뉴요커처럼 그들과 섞여 조깅을 해보리라 상상했었다. 나는 그 로망을 직접 실현하기 위해 하루 날을 잡아 센트럴 파크에서 조깅을 하는 완벽한 뉴요커로서의 하루를 계획했다!

센트럴 파크에서 실제로 뛰어보기

센트럴 파크에 가기로 한 주말 아침, 우리는 진짜 조거들이 많이 뛰러 나온다는 아침 황금시간대에 맞춰 가기 위해 일찍 일어나 준비를 시작했다. 야심차게 준비해온 레깅스와 뉴욕에서 장만한 운동용 집업 상의를 챙겨 입었다. 쌀쌀한 날씨에 대비해 경량 패딩 조끼까지 껴입은 나는 머리를 질끈 묶었다.

사실 진짜 한 시간 정도 조깅을 하며 유산소 운동을 하려는 계획이었지만 센트럴 파크를 가기로 한 날까지 야속하게도 감기가 다 낫지 않았다. 아쉽지만 그래도 꼭 도전해보겠노라 다짐하고 우리는 센트럴 파크로 향했다.

센트럴 파크를 위한 준비물! 바로 베이글이다. 왠지 뉴욕 하면 또 딱 떠오르는 베이글을 들고 가야 할 것 같은 생각에 숙소에서 멀지 않은 유명한 베이글 가게인 '에싸 베이글'에 들렀다. 나에게는 낯선 식당에서 음식을 시키는 나름의 방식이 있는데, 그 가게의 제일 대표적인 시그니처 메뉴와 취향이 담긴 조금은 특별해 보이는 메뉴를 조합해 주문하는 편이다. 실패하지 않는 안정성과 약간의 도전 정신이 반씩 담겨 있달까?

에싸 베이글에 들어가자마자 보이는 '시그니처 페이보릿'이라는 메뉴와 '록스 크림치즈'를 바른 베이글을 주문했다. 시그니처 페이보릿은 훈제 연어와 토마토, 양파, 케이퍼, 상추 그리고 스캘리언(파맛) 크림치즈를 넣은 한 끼 대용의 샌드위치 같은 메뉴였다. 베이글과 잘 어울리는 재료들의 조합이랄까. 그리고 록스 크림치즈가 조금 특이했는데, 잘게 다진 훈제 연어를 크림치즈에 미리 섞어놓아 짠맛과 연어의 향이 융화된 게 특징인 크림치즈라고 한다.

우리는 베이글 두 개와 커피를 사들고 센트럴 파크로 향했다. 그런데 가던 도중, 깜짝 놀라고 말았다. 저 멀리 보이는 센트럴 파크 안 조깅 라인을 따라 엄청난 수의 사람들이 줄지어 달리고 있었기 때문이다. 많은 뉴요커들이 주말 아침에 조깅을 하러 나올 거라고 생각은 했지만… 이렇게 많이 뛴다고?

흔들리는 동공을 부여잡고 공원에 도착한 우리는 일단 허기를 달래기 위해 베이글부터 꺼냈다. '에싸 베이글이 그렇게 유명하다던데…' 라는 말을 증명해주는 맛이었다. 특히 록스 크림치즈와 플레인 베이글 조합을 추천한다. 감칠맛 나는 짭짤한 크림치즈와 살짝 구워 바삭하면서도 쫄깃한 베이글이 너무나 잘 어울렸다. 뉴욕에 간다면 꼭 먹어보기를 추천한다(먹어본 베이글 중 최고였다).

배도 채웠겠다 이제 본격적으로 슬슬 뛰어보기로 했다. 수많은 사람들이 뛰고 있는 길 위로 슬며시 동참해 뛰어보니 느낌이 새로웠다. 도시 한복판에서 푸릇푸릇한 나무들을 바라보며 뛰니 조금은 어색하기도 했지만 마치 진짜 뉴요커가 된 기분이었다.

햇살에 비친 호수는 너무나도 아름다웠고, 산책하러 나온 강아지들이 자유롭게 뛰노는 모습도 보기 좋았다. 도심 속 활기찬 기운이 이곳에서 샘솟는 듯했다. 늘 그래왔던 것처럼 이른 시간부터 조깅하는 사람들을 보며 신기하다는 생각도 들었다.

몸살 기운이 올라와 오래 뛰진 못했지만 겨울 공기를 마시며 뛰고 나니 개운한 느낌이 들었다. 그런데 자세히 보니 사람들 배에 모두 번호표가 붙어있는 게 아닌가…? 맙소사! 알고 보니 그 엄청난 인파는 몇 주마다 열리는 '센트럴 마라톤'에 참여한 사람들이었다. 신기한 경험이었다.

센트럴 파크에서 먹은
에싸 베이글의 연어 베이글!

NIKE

뉴욕 감성 충만한 하루

센트럴 파크에서 조깅을 한 뒤 우리는 이날 코스의 대미를 장식할 브런치를 먹으러 한 레스토랑으로 향했다. 미국 드라마 〈섹스 앤 더 시티〉에 등장해 이름을 알린 맛집 '사라베스Sarabeth's'라는 곳을 미리 예약해 처음으로 리얼 브런치 타임에 브런치를 먹으러 갔다.

정말 많은 사람들이 이른 시간부터 브런치를 먹기 위해 모여 있었다(만약 주말에 브런치를 먹으러 갈 계획이라면 구글맵을 이용해 반드시 예약해둘 것을 추천한다). 유명하다는 에그 베네딕트와 프렌치토스트, 여러 가지 과일로 만든 주스를 주문했다. 눈이 번쩍 뜨이는 엄청난 맛은 아니었지만, 조깅 뒤에 먹는 브런치라니! 뭔가 보람찬 일을 한 기분으로 여유롭게 브런치도 즐기니 뉴욕에 흠뻑 녹아든 기분이었다.

브런치를 먹은 뒤에는 근처에 있는 '르뱅 베이커리Levain Bakery'라는 디저트 가게에 들렀다. 줄을 설 정도로 인기가 많은 작은 가게였는데,

사라베스의 완벽한 브런치

한국에서는 본 적이 없는 쿠키들을 팔고 있었다. 여느 쿠키들과 다르게 통통하고, 겉은 바삭한데 속은 촉촉하며, 초코 청크들이 부드럽게 녹아 있는 비주얼이었다. 평소 쿠키를 썩 좋아하지는 않지만 같이 산 라떼와 함께 먹으니 잘 어울리고 맛있었다.

우리는 쿠키를 먹으며 다시 센트럴 파크 쪽으로 돌아와 비교적 관광객들이 많은 공원 하부로 내려갔다. 호수가 있던 지역과는 달리 조금 더 북적북적하고 새로운 느낌이었다. 센트럴 파크는 그 규모가 워낙 커서인지 구석구석 느낌이 달라 꽤나 매력적이었다. 우리는 조금 더 산책을 즐기며 여유로움을 만끽했다. 매력적인 도시 속 아름다운 자연과 함께하는 뉴요커들이 왠지 부러워지는 순간이었다.

아쉽게도 날씨가 춥다 보니 센트럴 파크의 다양한 장소들을 충분히 즐기지는 못했다. 겨울의 도심 속 센트럴 파크도 충분히 매력적이었지만, 날씨가 따뜻할 때나 단풍이 고울 때 다시 와 돗자리를 펴고 여유롭게 피크닉도 즐기고, 곳곳을 더 많이 산책하고 싶다는 생각이 들었다.

하지만 모든 게 완벽할 수는 없는 법! 모든 여행이 그렇듯이 아쉬움과 또 다른 가능성을 남긴다. 미래 어느 계절의 뉴욕 여행을 다시 기약하며 우리는 센트럴 파크를 떠났다.

르뱅 베이커리의 겉바속촉 쿠키

DAY 12

맛집
도장 깨기

그 나라에서만 먹을 수 있는 음식,
갈 수 있는 식당을 간다는 것!
이게 바로 여행의 묘미 아닐까?

조금 웃기지만 진지한 나의 음식 철학에 관하여

나는 어렸을 때부터 먹는 걸 굉장히 좋아했다. 이렇게 말하면 조금 웃기겠지만 난 살기 위해 먹는다기보단, 먹기 위해 살았다. 이건 집안 내력일지도 모르겠다(동생도 엄청난 푸드러버다). 인생에서 나를 살아가게 하는 가장 큰 원동력이 음식일 정도로 먹는 걸 좋아한다. 하지만 맛없는 음식으로 배를 채우는 건 정말 싫다.

한번 사는 인생 이것도 먹어보고 싶고, 저것도 먹어보고 싶고, 기왕이면 제일 맛있는 음식으로 배를 채우고 싶다. 그러다 보니 자연스레 음식에 관련된 모든 것들이 궁금해졌다. 매일 똑같은 음식을 먹기보단 맛집 탐방을 하고, 음식과 관련된 프로그램과 콘텐츠를 즐기고, 직접 요리하는 것도 좋아해 종종 만들곤 한다.

음식에 관한 나의 이런 열정과 호기심은 여행을 가면 더 증폭된다. 아예 새로운 나라와 문화, 그곳에서 처음으로 경험하는 음식은 여행에 있어서 나에게 매우 중요한 포인트라 할 수 있다. 그 나라에서만 경험할 수 있는 전통 음식이나 유명한 맛집 등 이 모든 것을 체험하는 게 너무나 즐겁다.

사람마다 크게 관심을 두는 포인트가 다를 것이다. 나의 경우엔 가장 큰 포인트가 음식이기 때문에 음식에 관한 경험을 쌓으며 여행을 더 풍성하게 즐길 수 있다. 쇼핑, 패션, 사진, 레포츠 등 정말 소소한 거라도 자신이 좋아하는 관심사를 여행을 통해 다각도로 즐겨본다면 더욱 기억에 남는 여행이 될 수 있지 않을까?

실제로 마주한 뉴욕의 맛과 음식

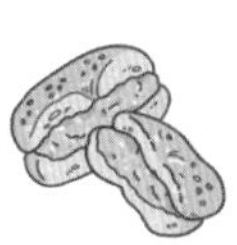

이번 뉴욕 여행에서는, 한국에서 유명한 뉴욕 맛집들을 찾아 독자들에게 솔직한 평가를 전달해주고 싶다는 사명감(?)이 있었다. 이를 빌미로 여러 레스토랑을 방문했다. 난 아무 음식이나 가리지 않고 잘 먹는 편이지만, 진짜로 맛있다고 느끼기까지는 나름의 까다로운 기준이 있다. '미슐랭 가이드'에서 따온 '쌤슐랭' 별점인데, 소개하자면 이렇다.

5점은 그 음식을 먹기 위해 그 나라에 또 갈 의향이 있을 때다. 에로피렌체의 '자자'라는 레스토랑이 쌤슐랭 기준 5점이었으나 최근 셰프가 바뀌었다는 소문과 함께 재방문한 결과 4점으로 바뀌었다. 4점은 그 나라에 간다면 그 음식을 꼭 먹을 의향이 있을 때다. 3점은 주변에 위치해 있거나 딱히 먹을 게 없을 때 갈 만한 정도다. 3점 미만은 딱히 재방문 의사가 없을 때라 할 수 있다.

오른쪽에 솔직한 샘슐랭 점수와 한줄평을 적어보았다. 물론 매우 주관적이므로 개인차가 있을 수 있다. 뉴욕 여행을 갈 생각이 있는 사람이라면 참고해보자.

뉴욕에서 제일 맛있게 먹었던 첼시 마켓의 우육면 가게, Very Fresh Noodle!

156

샘슐랭 리얼 한줄평

뉴욕 유명 맛집 리스트에 실제로 가봤더니?!

Shake Shack ★★★★☆

서부에 인앤아웃이 있다면, 동부에는 역시 쉐이크쉑! 한국에도 있지만 왜 이리 맛있을까. 튀긴 버섯이 들어간 메뉴Shack Stack, 베이컨 치즈 프라이, 밀크쉐이크 조합을 추천한다.

II Corallo Trattoria ★★★★☆

한국인 추천이 많아서 가본 이탈리아 레스토랑. 가격도 저렴한 편에 양도 많고 맛도 생각보다 넘 좋다! 뉴욕에 있는 동안 파스타가 땡긴다면 가볼만한 곳.

Ess-a-Bagel ★★★★☆

개인적인 핵 추천 조합은 '플레인 베이글+록스 크림치즈'다!

Peter Luger Steak House ★★★★

예약 필수! 기억하세요, 미디엄 레어 1인 1스테이크. 여느 스테이크집에서 먹은 스테이크보다 아주 야~약간 맛있는 느낌? 스테이크는 다 맛있으니까.

Halal Guys ★★★★

뉴욕! 하면 할랄가이즈라던데! 한국에서 이미 맛을 들여놓고 가서 더 익숙하고 맛있었던! 뉴욕에 간다면 꼭 먹어보길 추천.

Ruby's Café ★★★☆

왜 한국인들에게 인기가 많은지 알 것 같은 맛이다. 무겁지 않은 크림소스에 탱글한 새우와 느끼한 맛을 잡아주는 크러쉬드 페퍼까지. 쉬림프 파스타를 추천한다. 하지만 숨막히는 대기시간….

Grimaldi's Pizzeria ★★★☆

토핑과 소스를 골라 주문할 수 있는 브루클린에 위치한 유명 피자집. 솔직히 막 찾아갈 맛인지는 모르겠는데 그날따라 피자가 먹고 싶어서였는지 따뜻하고 맛있게 먹었다(?)

Sara Beth ★★★☆

드라마 〈섹스 인 더 시티〉에 등장했던 에그 베네딕트가 유명한 브런치 레스토랑. 아침 시간인데도 예약이 가득 차 있었다. 맛은… 그냥 에그 베네딕트 맛?

Burger Joint ★★★

호텔 속에 숨어 있는 작은 가게다. 담백하고 고기 본연의 맛이 나서 좋았으나 한 시간 넘게 줄서서 기다릴 맛은 아닌 듯.

Chipotle ★★★

치폴레 러버들에게 저항 받을 수도 있겠지만, 개인적으로 엄청나게 맛있진 않았다. 멕시칸 푸드를 좋아한다면 추천!

그림일기

각자 맛있게 먹은 뉴욕 여행 최고의 음식을 그려보자!

날짜 년 월 일 요일 날씨

제목 :

날짜 년 월 일 요일 날씨

제목 :

세끼관찰일기 In NEWYORK

맛있었던 음식은?

Q. 뉴욕에 다시 간다면 어떤 음식을 먹고 싶은가요?

“베리프레쉬 누들 우육면”
면을 바로 앞에서 수타로 만들어줘서
면이 굉장히 쫄깃쫄깃하고
들어 있는 소고기가 완전
야들야들 하고 맛있었어요!!
첼시마켓 내부에 있어요!
(줄이 조금 긴 편임..!)
면이 납작하고
넓은 스타일

뉴욕 3대 베이글
가게 중 하나!
“에싸 베이글의
록스 연어 크림치즈 +에브리싱 베이글”
연어가 들어간 크림치즈가 비리지
않으면서 맛있고, 조합이 완벽하며
밀가루 자체가 맛있었어요!
가장 인기있는 베이글인
‘에브리싱 베이글’
분홍빛 크림치즈에
작은 연어조각이
콕콕 박혀 있음

제로콜라
+진저에일
날마다 다른 맛의 불닭볶음면
(까르보, 짜장, 마라 등등…)
마트에서 사온 고기
"세끼가 만들어준 음식"
피터루거나 파이브가이즈도 맛있었지만
다시 그 때로 돌아간다면
세끼가 만들어준 음식을 먹고싶어요!
다같이 마트에서 장보는 게 넘 좋았어요!

얇은 양파튀김이
잔뜩 들어 있는데
이게 굉장히 맛있음..!!
감자튀김은 두껍고
담백한 스타일!
"TRI TIP GRILL
스테이크하우스 버거"
고기가 풍미있고, 얇은 양파를 튀긴 것이
속 재료로 들어가서 풍성한 맛이 나고
우연히 들어간 가게였는데
생각보다 맛있었어서 기억에 남는달까..?

DAY 13

문구 투어 다니기

나만의 테마 투어를 계획하고

무조건 하루는 그것에 집중해보자

테마 투어만의 묘미를 느낄 수 있다

좋아하는 거? 스티커요!

나는 어릴 때부터 문구류를 정말 좋아했다. 어느 정도였냐면, 엄마는 내가 뭔가를 잘해 칭찬해줄 때마다 스티커를 한 장씩 사주시곤 했다. 문구점이나 팬시류를 파는 서점에 가면 단 한 번도 먼저 그만 나가자고 말한 적이 없는 나는 어른이 된 지금도 문구류를 보면 사족을 못 쓴다.

동영상 콘텐츠를 제작해 유튜브라는 플랫폼에 업로드하는 일을 하는 나는 또 다른 직업도 겸하고 있다. 그건 바로 문구점 사장이다. 정말 어렸을 땐 매일같이 문방구를 드나들며 언젠가 어른이 되면 꼭 문방구 사장이 되고 말 거라고 생각했었다. 우연히 일러스트 작업을 하는 친구를 만나 그 친구와 이런저런 굿즈를 만들며 현재 작은 문구 사업을 하고 있으니 나름의 꿈을 이룬 셈이다(그리고 그 친구와 이렇게 뉴욕까지 같이 여행을 왔다!).

그러다 보니 뉴욕 여행에서도 최대 관심사 중 하나인 문구류를 빼놓을 수 없었다. 문구점 사장인 나와 지지를 위해 나머지 친구들이 무려 '문구 투어'의 날을 만들어 동선을 짜고 동행해주었다! 미국의 문구와 문구를 파는 가게는 한국과는 느낌이 달랐다. 우리는 문구를 주제로 최대한 다양한 가게들을 구경하며 문구 투어(라고 쓰고 쇼핑이라고 읽는다)를 시작했다.

뉴욕 문구점엔 엽서가 정말 정말 많다

우리들만의 문구 투어

Paper Source

제일 먼저 들른 곳은 '페이퍼 소스'라는 문구점이었다. 페이퍼 소스는 지점이 여러 개인 체인점 브랜드인데, 어느 지점에 가도 비슷한 문구 제품군을 판매한다. 미국 문구점의 가장 큰 특징은 엽서를 정말 많이 판다는 것이다. 거의 한쪽 면을 다 채울 정도로 다양한 시즌의 엽서들이 진열되어 있다.

그 외엔 포장지나 리본, 각종 아이디어 상품과 노트들이 즐비해 있다. 또 페이퍼 소스에서 자체 제작한 제품들도 있기 때문에 방문해볼 메리트가 충분하다고 생각한다. 우리는 크리스마스 다음 날 방문했는데, 크리스마스 관련 상품들이 가득해 풍성한 느낌이었다. 크리스마스 전에 방문했다면 지갑에 돈이 남아나지 않았을 것 같다.

PAPER SOURCE
PAPER SOURCE
SELECTISM
50%

Paper Presentation(City Papery)

그다음으로는 '페이퍼 프레젠테이션'이라는 문구점에 방문했다. 위치는 같은데 '시티 페이퍼리'라는 이름의 문구점이 있는 걸 보니, 아마 주인이 바뀌었거나 이름이 바뀐 듯하다. 큰 기대 없이 들어간 이 문구점은 생각보다 규모도 크고 이것저것 구경할 게 많았다.

문구 좀 좋아한다는 사람들이 사랑하는 '미세스 그로스만' 스티커들도 꽤나 다양하게 진열되어 있고, 그 외에도 처음 보는 미국 브랜드의 스티커들이 많아 사 모으기에 좋다. 스티커뿐만 아니라 작은 기념품류도 다양하게 있어서 문구에 관심이 없는 사람도 지나는 길에 한 번 쯤 들러보라고 추천할 만한 문구 가게다.

Strand Book Store

다음으로 들른 '스트랜드 북 스토어'는 사실 문구점이라기보다는 유명한 서점이다. 무려 1927년부터 3대째 운영하고 있다는 이 서점은 지하부터 3층까지 진짜 세상 모든 오래된 책들이 꽉꽉 차 있는 서재 같기도 하고 창고 같기도 한 멋진 곳이다(찾아보니 약 250만 권이 소장되어 있는 세계에서 가장 큰 고서점이라고 한다!).

세상 여러 신기한 책들을 구경하는 것도 재미있지만, 이 가게에 들른 가장 큰 이유 중 하나는 이 가게만의 브랜드 로고가 박힌 정말 다양한 굿즈들 때문이다. 에코백, 양말, 필통, 노트 등 꽤나 특색이 넘치는 굿즈들을 구경하는 데만도 한 시간 이상이 걸릴 정도다. 책과 굿즈를 사랑하는 사람이라면 책 냄새를 맡으며 구경하기 좋을 듯하다.

Staples

이날 마지막으로 들른 스테이플스는 정말 많은 지점이 있는 문구점인지라 약간의 호기심을 안고 근처에 있는 지점을 방문했다. 가보니 앞서 들렀던 문구점들과는 사뭇 다른 느낌이다. 우리나라로 치면 알파문구처럼 좀 더 사무용품 위주의 문구점이랄까? 우리는 이곳에서 새로운 문구를 사기보다 미국의 여러 잡화들을 구경하고, 프린터 섹션에서 필요한 서류를 프린트(?)했다.

Goods for the Study

추가적으로 추천하고 싶은 '굿즈 포 더 스터디' 또한 여러 지점이 있는 프랜차이즈 문구점이다. 특히 지류와 펜류를 파는 공간이 나뉘어 있는 소호 쪽 지점이 꽤나 인상적이었는데, 아기자기하면서도 특유의 분위기가 있어 편안하게 구경하기 좋다.

가격대는 좀 있는 편이지만 독특하고 다양한 문구류가 많아 우리는 꽤 오랫동안 구경했던 것 같다. 펜류가 모여 있는 공간에서는 직접 써볼 수도 있고, 친절한 주인분이 설명도 해주고 추천도 해준다. 소호에는 구석구석 아기자기한 상점들이 많으니 이곳저곳 돌아다니며 둘러볼 것을 추천한다.

테마 여행의 묘미

우리는 이렇게 '문구 투어'라는 명분 아래 뉴욕의 여러 문구점들을 돌아다녔고, 새로운 문구 아이템들을 구매했다. 사 모은 문구 아이템들을 끌어안고 집으로 돌아와 서로 구매한 것들을 구경하기도 하고, 뉴욕의 감흥을 담아 즉석에서 다이어리를 꾸며보기도 했다. 좋아하는 '문구'를 위한 동선을 짜고 쇼핑을 하니 다양한 스타일의 문구점도 구경하고, 비교도 해볼 수 있는 흥미로운 시간이었다.

여행을 하면서 이것저것 사 모으거나 쇼핑하는 걸 좋아하는 사람들이 많을 것이다. 어떤 여행지에 가면 "이건 꼭 사야 돼!"라고 하는 기념품 쇼핑 리스트를 찾아본 기억이 있는가? 좀 더 기억에 남는, 재미있는 쇼핑을 하고 싶다면 나처럼 한 가지 주제를 정해 그것과 관련된 상점을 여러 군데 돌아보는 계획을 세워보면 어떨까!

DAY 14

뉴욕에서
휴가 떠나기

여행 속의 여행을 상상해본 적이 있는가?
뉴욕 여행 중에 디즈니월드로 떠나는
3박 4일 동안의 꿈같은 휴가!

여행에서 휴가를 떠나요!

짧다면 짧고 길다면 긴 한 달간의 뉴욕 여행 중 또 다른 곳으로 휴가를 다녀온다면 어떨까? 네 명의 친구 중 두 명의 친구는 2주간의 여행을 마치고 먼저 한국으로 돌아가고, 남은 친구와 나는 3박 4일간 미국 플로리다 주 올랜도로 꿈같은 휴가를 떠나게 됐다!

뉴욕에서 비행기로 약 세 시간 정도 거리에 있는 올랜도로 휴가를 계획한 유일한 이유는 바로 디즈니 덕후들의 꿈의 성지, 디즈니월드에 가기 위해서다!

디즈니월드는 전 세계의 디즈니 파크 중 가장 규모가 크고 네 개의 테마파크와 두 개의 워터파크 그리고 수많은 디즈니 리조트와 부대시설 등으로 이루어져 있다. 일반 디즈니랜드와는 급이 다른 느낌이라 나에게 디즈니월드는 디즈니랜드 도장 깨기의 끝판왕 보스, 죽기 전에 꼭 한번은 가봐야 할 곳으로 느껴졌다.

뉴욕 여행을 계획하면서 막연하게 같은 동부에 있는 올랜도에 잠시 다녀오면 좋겠다고 생각했는데, 막상 디즈니월드에 다녀올 것을 결정하기는 쉽지 않았다. 왜냐하면 디즈니월드 여행을 위한 준비가 꽤나 어렵고 복잡했기 때문이다.

파크도 여러 개고, 매직밴드나 패스트패스 같은 시스템들이 구축되어 있어서 꽤나 계획파라고 생각하는 나도 쉽사리 도전하기 힘들었다. 하지만 이럴 때마다 항상 떠오르는 나만의 구호, "지금 아니면 언제 해보겠어!"를 외치며 올랜도 여정을 계획하기 시작했다.

꿈에 그리던 앨리스와의 조우! 넘나 사랑스러워!

같이 디즈니월드 준비해요!

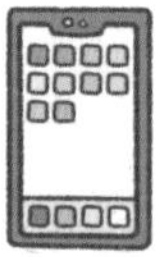

혹시나 올랜도의 디즈니월드에 관심이 있다거나 계획하고 있는 사람들을 위해 준비해야 할 사항들을 공유해보고자 한다.

Step 1. 날짜와 일정 정하기

디즈니월드는 워낙 넓고 파크도 다양하기 때문에 며칠간 어느 파크를 어떤 순서로 돌아볼 건지를 미리 정하지 않으면 안 된다. 한 파크당 최소 하루씩을 잡는다 해도(다녀보니 하루에 두 파크 이상 돌아보는 건 체력이 불도저급이 아닌 이상 어려워 보인다) 4박 이상의 일정이 필요하기 때문에 여행 일수를 여유롭게 잡는 게 좋다. 나의 경우엔 3박 4일 일정으로 다녀왔는데, 너무 짧고 촉박해서 너무 아쉬웠다. 어쨌든 자신에게 맞는 일정을 정했다면 다음 스텝으로 넘어가자.

Step 2. 예산에 맞는 리조트와 티켓 예매

디즈니월드 근처에는 정말 다양한 리조트와 호텔이 즐비해 있다. 그

중 '디즈니 리조트'에 묵게 되면 '매직밴드'라는 걸 무료로 받을 수 있다. 매직 밴드는 디즈니랜드 입장부터 어트랙션을 탈 때 랜드 내에서의 모든 결제가 가능한 그야말로 '매직' 밴드라 할 수 있는데, 우리나라의 찜질방 팔찌 같은 개념이라고 생각하면 쉽다.

디즈니 공식 홈페이지에서 디즈니 리조트와 티켓을 패키지로 예매할 수 있다. 그렇게 하면 매직밴드를 수령하고 링크(연동)시키는 과정들이 좀 더 수월할 것 같아 (모든 것은 대부분 홈페이지나 앱에서 예약하고 확인할 수 있다) 나는 좀 더 쉬운 연동을 위해 홈페이지에서 리조트를 예매했다.

디즈니의 리조트들은 대부분 비싼 편에 속하는데(가성비가 좋진 않다), 나는 그중 그나마 저렴한 편에 속하는 '밸류'급의 '아트 오브 애니메이션'이라는 리조트를 예매했다(더 비싼 등급의 리조트도 많으니 원한다면 더 찾아보기를 추천!).
그리고 리조트를 예매하면서 하루에 한 파크를 갈 수 있는 티켓 3일치를 함께 예매했다. 3박 4일 숙박과 티켓 3일권이 포함된 리조트의 총 가격은 약 1300달러였다.

Step 3. 뉴욕-올랜도 왕복 항공권 예매

올랜도까지는 약 세 시간 정도의 비행이 필요하다. 앞서 예약한 리조트와 티켓 일정에 맞게 적절한 항공권을 미리 예매해놓자. 나는 조금 더 알찬 여행을 위해 가는 날은 이른 티켓을 예매해 도착하자마자 비교적 작은 파크를 돌아봤다. 올랜도에서 호텔로 가는 셔틀버스는 꽤나 체계적으로 되어 있다. 공항에 도착하면 사람들을 따라 이동하거나 어느 직원에게 물어봐도 쉽게 호텔로 갈 수 있을 것이다.

Step 4. 패스트패스 예약

이 단계가 생각보다 힘들었다. 마치 콘서트 티켓팅을 방불케 하는….
디즈니월드에는 '패스트패스'라는 미리 예약할 수 있는 어트랙션 입장 패스가 있다. 미리 예약해놓으면 줄을 서지 않아도 인기 어트랙션을 탈 수 있는 패스다.
하지만 이 패스트패스는 디즈니 리조트에 숙박하는 사람에게는 무려 60일 전, 미국 시간으로 아침 9시에 예약이 열린다. 홈페이지나 앱으로 마치 수강 신청하듯이 담을 수 있고, 시간대도 선택해야 하기 때문에 어느 날, 어떤 어트랙션을 탈 건지 60일 전에 미리 정해놓아야 한다.

3박 4일 동안의 꿈같은 휴가

짧은 기간 동안이었지만 뉴욕 여행 중 올랜도의 디즈니월드를 다녀온 건 잊을 수 없는 인생 최고의 휴가다. 춥고 차가운 도시 느낌의 뉴욕 여행 도중에 (물론 그게 뉴욕의 매력이었지만) 며칠간 보낸 따뜻하고 선선한 휴양지 느낌의 올랜도는 너무나 인상적이었다.

여행 중에 또 다른 장소를 다녀온다는 건 꽤나 준비할 게 많은 일이지만, 그 이상의 새로운 경험을 선사한다. 어딘가 여행을 떠나게 된다면 그 여행 속에서 또 하나의 여행을 떠나보자! 새로운 터닝 포인트를 마주하게 될 것이다.

샘의 '패스트패스' 일정표

★ **1일차(앱콧)**

1. Frozen Ever After(저녁 7시~): 앱콧에서 제일 인기 많은 어트랙션. 〈겨울왕국〉을 좋아한다면 인생 놀이기구다. 배를 타고 돌며 홀로그램과 고퀄리티 인형극을 볼 수 있다.

2. Princess Storybook Dining Dinner at Akershus Royal Banquet Hall(8시~): 또 다른 의미의 인생 추억을 남기게 된 곳. 공주님들이 돌아다니며 사진을 찍어주기 때문에 아이 동반 가족에게 인기가 정말 많은 곳으로 미리 예약하지 않으면 갈 수 없다.

★ **2일차(매직킹덤)**

1. Space Mountain(오후 12시~): 인기가 많은 어트랙션 중 하나. 하지만 디즈니월드에서 스릴감 넘치는 놀이기구를 기대해서는 안 된다.

2. Peter Pan's Flight(오후 4시 30분~): 앞서 말한 프로즌과 비슷한 형태의 어트랙션. 열기구를 타고 돌며 피터 팬의 줄거리를 훑을 수 있다. 인기가 매우 많다.

3. Seven Dwarfs Mine Train(오후 7시~): 코스터와 인형극이 섞여 있으면서 적절히 스릴감도 있는, 개인적으로 베스트 어트랙션이다.

★ 3일차(할리우드 스튜디오)

1. 할리우드 스튜디오를 가는 날 감기몸살에 걸려 예약해놓은 패스트패스를 이용하지 못했다. 인기가 많은 어트랙션은 주로 코스터형 놀이기구나 토이스토리 랜드의 놀이기구인 듯하다.

DAY 15

평소의 '나'처럼 일해보기

나는 나의 일을 얼마나 사랑하고 있는가
뉴욕에서도 일상은 계속되고
축복처럼 문득 와닿는 내 일의 소중함!

뉴욕에서 평소처럼 '일하는' 하루

뉴욕 한 달 살기 여행에서 또 하나 해보고 싶은 게 있었다. 그것은 바로 뉴욕에서 평소 때의 '나'처럼 일을 해보는 것이었다. 어느 날 나는 같이 일을 하는 친구이자 여행 메이트인 주희와 함께 한국에서 평소의 우리처럼 일을 해보기로 했다.

10:00 AM

야행성의 생활 패턴을 수년째 고치고 있는 나는, 뉴욕 여행의 후반부엔 이미 뉴욕 시차에 적응을 끝내고 그곳에서까지 올빼미형 인간이 되어버렸다. 하지만 이날만큼은 보람차게 일해보기로 한 날이니 최소한의 죄책감을 벗을 수 있는 오전 시간대에 알람 네 개를 끄고서야 기상했다.

10:30 AM

보통 나의 업무는 크게 세 개 정도로 나뉜다. 첫 번째는 제일 큰 비중을 차지하는 편집 업무, 두 번째는 일주일에 두 번 정도 하는 촬영 업무, 마지막은 (가장 비중이 적은, 사실 거의 없는 편인) 미팅 등의 외부 일정 업무다. 오늘은 뉴욕에서 간단하게 일상 영상을 촬영하고, 남은 시간엔 (항상 넘쳐나는) 편집 일을 하기로 했다. 원래 집에서처럼 간단하게 아침 대용 셰이크를 마시고 자리에 앉았다. 집 테이블 앞에 앉는 순간 출근이 이루어지는 셈이다.

12:00 PM

급한 컴퓨터 작업을 마치고 점심 식사를 하기로 했다. 집이 곧 직장이자 끼니를 해결하는 곳이기도 하기에 우리는 무언가를 만들어 먹기로 했다. 일상의 소소한 모습을 영상에 담는 게 직업인 나에게는 점심 식사 또한 하나의 촬영 소재다. 같이 일하는 친구가 카메라를 잡아주고, 나는 음식을 만들어 함께 먹으며 촬영을 했다.

2:00 PM

간단한 촬영을 마치고 나갈 준비를 한 우리는 뉴욕 공립 도서관과 카페에 가서 나머지 일들을 하기로 했다. 아무래도 어디서든 일할 수 있는 게 장점인 직업이기에 뉴욕에서 공부하고 일하는 사람들과 섞여 일해보고 싶은 로망을 실천하고 싶었달까. 관광객도 출입할 수 있는 뉴욕 공립 도서관의 열람실에 앉아 스케줄과 촬영 계획을 정리했다(지금 여러분이 읽고 있는 이 책의 여러 가지 아이디어도 여기서 메모했다!).

5:00 PM

카페로 자리를 이동해 오늘 촬영한 클립을 컴퓨터로 옮겨 정리하고 편집을 시작했다. 보통 많이 받는 질문 중 하나가 '영상 하나를 만드는 데 얼마나 걸리나요?'라는 내용이다. 물론 손의 빠르기에 따라 다르겠지만 나의 경우엔 빠르면 하루, 길게는 2-3일 정도 소요된다. 영상 편집은 해본 사람만이 아는, 생각보다 고된 일이다. 하지만 나는 개인적으로 영상을 만드는 여러 프로세스 중 편집하는 일을 제일 좋아한다. 차근차근 레이어를 쌓고 내가 원하는 형태로 영상을 다듬어가는 것을 즐긴다. 4년 넘게 유튜브 채널을 운영하면서 나는 직접 편집하는 일을 손에서 놓아본 적이 없다. 그만큼 편집은 나에게서 떼어 놓을 수 없는 애착이 큰 작업이다.

8:00 PM

보통 때의 나는 퇴근 시간이 없지만, 오늘만큼은 집에 돌아와 맛있는 저녁을 시켜먹고 넷플릭스를 보며 쉬었다. 일하는 시간이 따로 정해져 있지 않은 나로서는 퇴근 시간이 없다는 게 항상 아쉬울 따름이다. 간혹 마감 기한이 있는 일을 할 때는 새벽 작업도 마다하지 않는 편이다.

겉보기와는 또 다른 직업의 세계

뉴욕에서 여행 중이기는 하지만 하루만큼은 평소처럼 일상으로 돌아왔다. 일을 하면서 나의 일상과 일(직업)에 대해 다시금 생각해보았다. 나는 일하는 것을 좋아하고, 내가 좋아하는 일을 할 수 있는 일상을 정말 소중하게 생각한다. 그래서인지 여행을 떠나 전혀 새로운 환경 속에서도 평소 내가 지내는 것처럼 하루를 살아보고 싶다는 로망을 키워왔던 것 같다. 일을 하며 하루를 보내고 나니 뉴욕에서 좀 더 여유롭게 일을 해보고 싶다는 생각이 커졌다.

사실은 영상 속에서의 나와 '유튜버'라는 직업으로 일을 하는 실제의 나는 굉장히 다르다. 여행도 다니고 좋아하는 일을 하면서 많은 돈을 버는 부러운 직업이라는 선입견이 많은데, 앞서 간단히 설명해본 나의 실제 일상은 장점도 많지만 그만큼 고충도 따른다.

나는 여느 직장인들처럼 정해진 시간에 출근하고 퇴근하는 일을 하지 않고, 일과 개인적인 일상도 분리되어 있지 않다. 따라서 여행을 다니더라도 그 여행은 온전히 개인적으로 즐기는 시간이 아니라, 도중에 촬영을 하며 일을 하는 과정도 포함된다. 또한 여행 중에도 일정하게 영상을 업로드하기 위해 여행 전 폭풍 같은 작업에 시달린다. 그래서 가끔 쉬는 시간에는 일과 완벽하게 분리되어 휴식을 취할 수 있는 직업이 부럽기도 하다.

내가 나의 일을 사랑하게 된 이유

그런데도 가끔 내 직업에 대해 생각해보면, 내가 좋아하는 여행을 다니면서 이 일을 할 수 있고, 시간과 공간에 구애받지 않고 자유로운 창작물을 만들 수 있다는 점에서 축복을 받았다는 느낌이 든다.

생각해보면 대학에서 도예를 전공한 나는 (얼핏 보면) 아예 다른 직업을 갖게 된 셈이다. 하지만 미술대학을 다니면서 몸에 밴 '아이디어 스케치를 하고 하나하나 스텝을 밟아 완성품을 만들어 다른 누군가가 보고 피드백을 해주는 일련의 과정들'은 지금 직업의 프로세스와 다르지 않다.

나는 사람들에게 나를 보여주는 직업을 갖게 될 거라곤 전혀 생각하지 못했었다. 하지만 나는 내 일을 사랑한다. 단지 사람들에게 많이 알려져 인기가 많아지거나 유명해져서 만은 아니다. 영상 하나하나를 위해 아이디어를 생각하고 기획하고 촬영하고 편집해서 하나의 작품으로 만드는 과정을 사랑하고, 무에서 유를 만들어내는 나 자신이 대견하다. 그래서 난 내 일이 너무 좋다.

DAY 16

뒹굴뒹굴
넷플릭스 보기

긴 시간 이동할 때나 밥을 먹으면서 즐기는 넷플릭스!
내가 머무는 여행지를 소재로 한
영화나 드라마를 본다면 더욱 완벽한 여행이 될 것이다

드라마 취향

여러분들은 드라마 보는 것을 좋아하는가? 혹은 넷플릭스를 즐겨보는가? 몇 가지 추천하기 전에, 나의 개인적인 드라마 취향을 밝혀보기로 한다. 드라마 취향을 이야기하려면 내가 제일 처음 푹 빠졌던 드라마로 거슬러 올라가야 한다.

내가 처음으로 보고 좋아했던 미드(혹은 영드)는 어렸을 적 보았던 〈사브리나〉라는 시트콤이었던 것 같다. 너무 어렸을 때라 잘 기억은 안 나지만, 코믹하고 약간의 판타지 요소가 가미된 그 틴에이지 드라마는 나의 취향을 저격했다.

그 연장선상으로 유명한 〈프렌즈〉라는 시트콤에 푹 빠졌던 기억이 난다. 생각해보면 나는 보통 흔한 로맨스나 수사물 등 한 편 한 편 연속되는 드라마를 잘 보지 않았던 것 같다. 주로 시트콤류를 선호했는데, 언제든 보고 끌 수 있는 간편함과 유쾌한 분위기를 좋아하는 편이다.

고등학교 때 푹 빠졌던 프로그램은 미국 애니메이션 〈심슨 가족〉이다. 시리즈와 에피소드가 정말 많은데, 매 에피소드마다 두 번 이상 돌려보며 본격적으로 다른 나라의 문화와 사람들의 사고방식, 언어에 자연스럽게 친숙해지는 기회가 됐다.

여행과 미드

평소 드라마를 즐겨 보는 편은 아니지만, 여행을 다닐 때는 미드를 즐겨 본다. 이동을 하거나 밥을 먹을 때 주로 보던 미드들은 이제 또 하나의 여행 친구가 됐다. 특히 이번 여행에서는 평소 좋아하던 뉴욕을 배경으로 한 미드를 다시 꺼내 보면서 여행을 더욱 뜻깊게 즐길 수 있었다.

처음으로 길게 떠났던 유럽 여행에서 넷플릭스의 매력에 푹 빠졌던 것 같다. 아무래도 비행 시간뿐만 아니라 도시 간 이동이 잦은 유럽 여행에서 사이사이 드라마를 보며 무료함을 달랠 수 있었다. 그때 푹 빠졌던 드라마가 있는데, 주로 2-30분 정도의 짧은 시트콤이라 밥을 먹으면서도 한 편씩 보며 즐겼다. 그 드라마를 다시 보노라면 유럽 여행의 아련한 추억이 떠오른다. 여행을 기억하는 또 다른 방법 중 하나가 된 것이다.

이번 여행 또한 기내에서, 숙소에서 넷플릭스를 즐겼는데 특히 기억에 남는 것 중 하나는 단연 〈시카고〉다. 드라마는 아니지만 뉴욕에서 보기로 한 대표적인 뮤지컬 중 하나이므로, 선행 학습을 한다고 생각하고 오프라인으로 다운받아 비행기 안에서 보게 됐다. 그 여행지와 관련된 드라마나 영화를 준비한다면 더할 나위 없이 완벽한 여행이 될 확률이 높아질 것이다!

요즘은 넷플릭스라는 앱이 많이 대중화되어 있다. 즐겨 보던 미드를 쉽게 볼 수도 있고, 넷플릭스사에서 자체로 제작하는 드라마 시리즈도 즐길 수 있다. 뉴욕에서도 긴 시간 이동할 때나 밥을 먹을 때, 그리고 침대에 누워 쉴 때 넷플릭스를 보며 현지인이 된 것 같은 기분을 만끽했다.

다른 문화와 언어로 가득한 콘텐츠를 즐길 때면 새로운 세상에 들어가 있는 듯한 기분이 들기도 한다. 여러 콘텐츠의 소비는 단지 시간을 때우는 목적만이 아니라 또 다른 안목을 키울 수 있다는 생각이다. 여러분도 여행 중에 새로운 넷플릭스 드라마에 푹 빠져보는 것은 어떨까?

내가 즐겨 본 넷플릭스 드라마 추천

★ 빅뱅 이론

유럽 여행 도중 밥을 먹을 때마다 봤더니 '유럽 여행=빅뱅 이론'이 되어버렸다는 전설. 개인적으로 시트콤 같은 가벼운 드라마를 즐겨보는 편인데, 현실 속에 정말 있을 것 같은 유쾌한 주인공들이 마음을 편안하게 해준다. 셸든, 레너드, 하워드, 라지 사랑해!

★ 기묘한 이야기

주희의 강추 작품. 집에서 쉴 때, 그리고 열세 시간 넘게 타고 온 한국행 비행기에서 '시즌 3'을 해치웠다. 개인적으로 '시즌 3'이 제일 재미있었는데, 시즌 1과 2에서 등장인물 친구들과 너무 정이 들어버린 탓일까? 왜 유명한지 잘 알 것 같은 탄탄한 작품.

★ 프렌즈

뉴욕을 배경으로 하기에 이번 여행과도 너무 잘 어울리는 명작. 뉴욕 여행 중 숙소 TV 채널에서 항상 재방송을 해줘서 더 기억에 남는다. 자막 없이 즐겨보는 새로운 경험. (왠지 현지인이 된 기분이야!) '프렌즈'를 보고 있노라면 뉴욕에 더욱 흠뻑 취하는 기분이다.

★ 언브레이커블 키미 슈미트

처음엔 뜬금없는 설정에 볼까 말까 망설였지만, 보고 나니 주인공 키미의 엉뚱한 매력에 푹 빠져버렸다! 세상 물정 모르는 해맑은 주인공의 뉴욕 생활기. 약간의 병맛이 취향을 저격했다. 아무래도 진지한 건 부담스럽다는 분들에게 추천.

DAY 17

똑똑하게 쇼핑하기

힙한 아이템들이 넘쳐나는 뉴욕 여행의 백미, 쇼핑!
한국에서 살 수 없거나 가성비가 끝판왕이라면
어멋! 이건 사야 돼!

뉴욕 하면 쇼핑!
나만의 별난 쇼핑 철학

뉴욕 하면 또 빼놓을 수 없는 것 중 하나가 바로 쇼핑이다. 여행만 오면 "이때 아니면 또 언제 사겠어!"라는 주문과 함께 폭풍 쇼핑을 즐기는 편인데, 여행에서의 쇼핑이 반복되다 보니 그냥 단순히 돈을 쓰는 쇼핑을 지양하고, '잘' 사기 위해 노력하게 된다.

나에게는 나름의 몇 가지 쇼핑 철학이 있다. 일단 한국에서 살 수 있는 아이템은 굳이 사지 않는 편이다. 예를 들어 여행지에서 어떤 아이템을 더 저렴하게 구매할 수 있다 하더라도 한국에서 구매할 수 있는 것들은 좀 더 비싸도 한국에서 사는 편이 낫다고 생각한다. 그것들을 구매하고, 짐 가방에 싣고 끌고 오는 그 시간과 노동 비용이 더 클지도 모르기 때문이다.

하지만 한국에서 구매할 수 있더라도 훨씬 저렴하고 그 이상의 가치 혹은 실용성이 있는 아이템이라면 구매한다. 예를 들어 당장 사용할 수 있는 생활용품이나 옷 등의 잡화가 거기에 속한다. 그 나라에서 산 아이템을 입고 여행을 즐긴다면 한국에서 느낄 수 없는 또 다른 즐거움이 있다.

한마디로 여행지에서 주로 사는 아이템은 첫째는 한국에서 구매할 수 없고, 둘째는 실용성이 있고, 셋째는 가성비가 좋은 아이템이라고 할 수 있다.

세 가지 조건 중 가장 중요하게 여기는 개인적인 기준을 굳이 꼽는다면, 한국에서 구매할 수 없는 정말 예쁜 아이템이다. 즉 실용성이 없고 비싸더라도 한국에서 구매할 수 없는 레어한 아름다움이 있다면… 그건 사야 한다! 하지만 한 가지 주의할 점은, 여행을 끝내고 한국으로 돌아갔을 때 다시 관심이 가지 않을 아이템은 사지 않는 게 좋다.

LION
KING
THE AWARD-WINNING
BEST MUSICAL
COME
FROM
AWAY
JACOBS
Music Box
EVAN
HANSEN
Music Box
Bigbelly
WAITRESS IS CLOSING UP
JANUARY 5!
WAITRESS
A.P.C.

뉴욕에서 인상 깊었던
쇼핑 스폿과 미니 하울

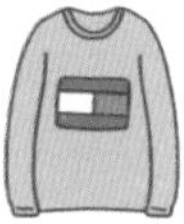

조금 별나지만 이런 쇼핑 철학을 가진 나는 뉴욕에서 또 많은 쇼핑을 했다. 한 달이라는 기간 동안, 지금 생각해도 잘 다녀왔다거나 혹은 잘 샀다고 생각하는 쇼핑 스폿과 아이템에 대해 소개해볼까 한다. 조금은 TMI라고 느낄 수도 있겠지만, 옆집 언니가 뭐 샀는지 구경하는 느낌으로 훑어본다면 재미있을지도 모른다.

우드버리 아울렛

우드버리 아울렛은 뉴욕에서 버스로 약 한 시간가량 떨어져 있는 대형 쇼핑 단지다. 관광객들에게 특히 인기가 많기 때문에 앞서 소개했던 빅애플패스에도 우드버리 아울렛 왕복 버스 티켓이 포함되어 있어서 별다른 예약 없이 다녀올 수 있다.

난 두 번의 유럽 여행 중 다양한 아울렛을 다녀온 경험이 있었기 때문에, 아울렛에 대한 환상이 깨져 있는 상태였다. 아울렛은 시즌 오프

뉴욕 우드버리 아울렛은 코치가 엄청 싼 것으로 유명하다

상품들이 대부분이어서 우리가 상상하는 예쁘고 베이직한 아이템들은 없는 경우가 많다. 그래서 우드버리 아울렛에 대해 사실 큰 기대가 없었다.

하지만 우드버리 아울렛에서의 하루를 보내고 난 뒤 생각이 바뀌었다! 아무래도 유럽의 아울렛에는 구찌, 프라다, 페라가모 등 이탈리아 명품 브랜드 상품들이 많아 진입 장벽도 높고 기대만큼 실망도 컸었는데, 미국의 우드버리 아울렛에는 생각보다 중저가 브랜드들이 복병이었다!

나이키, 타미힐피거, 폴로 랄프로렌, 컨버스 등 우리에게 좀 더 익숙하지만 한국에서는 가격대가 조금 있는 브랜드들의 예쁜 아이템들이 즐비했다. 정말 저렴한 가격에 접근성이 높은 베이직 라인들이 가득해서 쇼핑에 큰 관심이 없는 사람이라도 눈이 돌아갈 만한 곳이다. 아, 그리고 우드버리 아울렛은 '코치' 브랜드가 정말 저렴한 것으로 유명하다고 한다. 아울렛의 장점 중 또 하나가 가족, 지인들의 기념품을 사기 좋다는 것인데, 코치에 들러 기념 선물 리스트를 싹 해치웠다.

나는 주로 타미힐피거, 컨버스, 나이키, 마크 제이콥스 등의 브랜드에서 꿀템을 잔뜩 건졌는데, 아주 만족스럽다. 뉴욕에 좀 오래 머무를 생각이 있는 사람들에게 우드버리 아울렛 방문을 추천한다.

소호와 스투시

소호에는 정말 쇼핑할 곳이 많다! 친구들과 소호를 돌아다니면서 진짜 오래 머물렀던 곳이 있는데, 바로 '스투시'라는 브랜드 매장이었다. 친구들이 다들 스트리트 브랜드를 좋아하는 편이고, 나 또한 편하게 입을 수 있는 캐주얼 룩을 선호해 관심사가 겹쳤던 브랜드다.

편하고 예쁜 아이템이 많기도 한데, 한국에는 판매처가 많지 않아 (있다고 하더라도 품목이 한정적인 편) 외국에서 이 브랜드 매장을 마주치면 꼭 들어가서 구경하는 편이다. 스투시나 수프림 같은 인기가 많은 스트리트 브랜드 매장의 경우 가게 내에 인원이 너무 많으면 입장 제한을 하기도 해서 줄을 서야 하는 경우가 많다.

여행 초반 우리는 이 브랜드 매장에서 다양한 아이템을 구매했고, 여행 내내 이 브랜드의 옷을 입고 많은 사진을 찍었다! 첫 동네였던 윌리엄스버그의 자유로운 분위기와도 잘 어울려 만족스러운 소비를 했던 쇼핑 스폿이라고 할 수 있다.

윌리엄스버그-스모가스버그 플리마켓

브루클린 윌리엄스버그 스모가스버그에서 매주 토요일 열린다는(때마다 요일, 시간 등이 변경되기도 하니 홈페이지에서 확인!) 플리마켓에 다녀온 적이 있다. 우리가 방문했을 때는 건물 8층의 실내에서 플리마켓이 열렸는데, 맨해튼과 강이 내려다보이는 뷰를 즐길 수 있는 곳이었다.

옷, 빈티지 소품, 골동품, 피규어, 장난감 등 정말 다양한 아이템들을 구경하고 구매할 수 있으며, 작은 푸드마켓도 열려 요기도 할 수 있다. 생각보다 정말 볼거리도 다양하고 새로운 경험을 할 수 있는 특별한 플리마켓이다. 윌리엄스버그에 방문할 계획이 있다면, 플리마켓 개최 일자와 시간을 확인해 들려보는 것도 추천한다.

윌리엄스버그-비콘스 클로짓

윌리엄스버그에 있는 큰 편에 속하는 빈티지 매장이다. 빈티지 의류를 좋아하는 사람이라면 성지라고도 할 수 있는 개미지옥 같은 곳! 일정 후반부에 방문했더니 체력이 딸려 열심히 구경하지 못한 게 아쉬움으로 남는 곳이다. 잘 정리되어 있는 편이고, 힙한 아이템들이 가득해서 잘만 고르면 패셔니스타 뉴요커가 될 수 있을지도!

친구들과 함께 쇼핑하는 것은 너무나 즐겁다!

뉴욕에서 산 아이템 리스트

★ 우드버리 아울렛

타미힐피거

컨버스

★ 소호와 스투시

-회색 베이직 후드

-흰색 반팔 티셔츠

★ 윌리엄스버그-스모가스버그 플리마켓

-버버리 스타일 머플러(여행 내내 잘 매고 다녔다고 한다)

-커밋(개구리) 캐릭터가 그려진 티셔츠

What's In My Bag

뉴욕 한달 살기 ver.

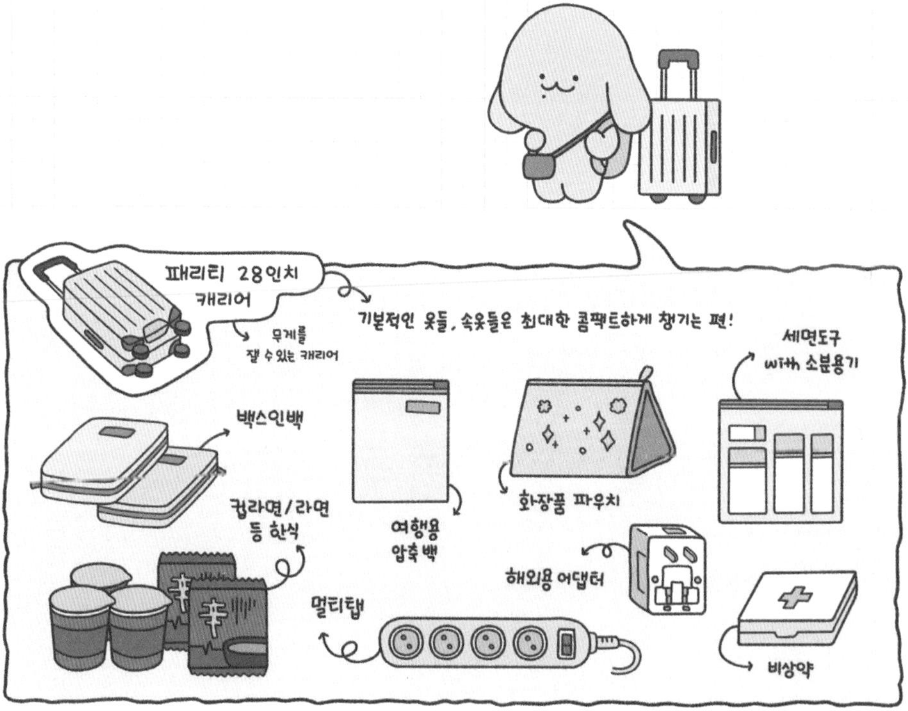
패리티 28인치 캐리어
무게를 잴 수 있는 캐리어
기본적인 옷들, 속옷들은 최대한 콤팩트하게 챙기는 편!
세면도구 with 소분용기
백스인백
여행용 압축 백
화장품 파우치
컵라면/라면 등 한식
해외용 어댑터
멀티탭
비상약

꼭 사고 싶은 나만의 쇼핑 리스트 적어보기!

이건 꼭 사야 해!
여행에서 사야 할 아이템을 정리해보자!

★ 무조건 꼭꼭 사야 할 것들!

간식, 음식

-
-
-
-
-

옷 or 소품

-

-

-

-

선물

-

-

-

-

기타

-

-

-

-

DAY 18

하루 종일
아무것도 안 하기

아무것도 안 하기란 정말 불안한 일이지만
잠시 쉬어간다고 해서 세상이 무너지지는 않아
여행은 또다시 나를 나아가게 하는 삶의 원동력!

뉴욕에서 아무것도 안 하기

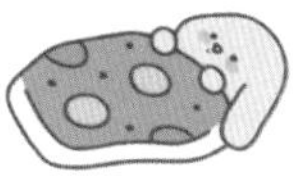

일을 시작한 지 4년이 넘었다. 아무 것도 안 하는 날을 가져봐야겠다고 생각해왔다. 평소 일상에서는 항상 할 일이 넘쳐나고, 일에 몰두해야 하는 상황이 생기기 마련이다. 고로 여행지에서라도 하루쯤 모든 욕심을 버리고 '아무것도 안 하고' 쉬리라 다짐했다. 숙소에서 눈을 뜬 아침. 나는 저 멀리 뉴욕 시내를 내려다보며 이런저런 생각들을 떠올렸다.

쉼 없이 달려야 해!

이렇게 쉬는 날 없이 일을 하며 살게 될 거라고는 갓 스무 살이 되던 때엔 전혀 짐작하지 못했다. 여느 대학 신입생들처럼 내가 뭘 좋아하는지, 뭘 하고 싶은지 전혀 몰랐던 때였다. 초, 중, 고등학교를 거쳐 결국 대학에 입학했지만 미래에 대한 막연한 불안감은 사그라지지 않았다. 오히려 대학교에 들어오고 나니 목표가 없어진 기분이었다. 불안해하면서도 그래도 무언가 해보려고 노력했던 것 같다.

대학에 입학하면서 혼자 서울로 올라온 나는 친척 집에 얹혀살기도 하고, 고시텔에 살아보기도 하고, 자취 생활을 하기도 했다. 독립적이고 자립심이 강한 나는 혼자 생활하면서 많은 것들을 배웠다. 자취를 하면서 '이제껏 연습 게임이었다면 이제는 실전이구나'라고 느끼며 알바도 정말 다양하게 했다. 당시에는 용돈 벌이라도 해보자는 의도였지만, 지금 생각하면 그때의 작은 체험들은 돈을 주고도 사지 못할 소중한 경험이다.

여러 가지 알바를 하다가 영상 관련 아르바이트를 하게 되었고, 생각보다 흥미로움을 느껴 휴학을 하고 본격적으로 일을 시작했다. 욕심이 많은 나는 더 나아가 나만의 영상도 만들어보고 싶었다. 어깨 너머로 배운 것들을 활용해 23세 때부터는 유튜브라는 플랫폼에 하나 둘씩 영상을 올리기 시작했다.

나는 말이나 행동이 앞서는 편은 아니지만, 한번 하기로 한 일은 끝까지 해내려는 책임감이 강하다. 계획 세우는 것을 좋아하고, 그 계획들을 분배해 할당량을 정하는 것 또한 좋아한다. 일단 목표가 생기면 나는 기필코 그것들을 해내야만 했다. 누가 시키지 않았는데도 말이다. 나는 영상을 제작하고 업로드하는 일에도 나만의 엄격한 룰을 세웠다.

일을 하면서도, 남은 학기 공부를 하면서도 나는 영상 업로드를 멈추지 않았다. 4년간 단 한 번도 어기지 않고 일주일에 적어도 하나 이상의 영상을 업로드했다. 지금 생각해도 나는 정말 열심히 살아왔다.

나에겐 그게 당연한 일이었다. 더 잘하기 위해 쉬는 시간 없이 달려

왔다. 뭘 하고 싶은지, 취미가 뭔지도 모르던 시절을 거쳐 어느새 일이 취미가 되어버린 나를 발견했다. 하지만 어쩔 수 없었다. 이미 쉬는 시간 없이 일하는 것에 익숙해지다 보니 어쩌다 짬이 생겨도 더 많은 일을 해야 한다는 압박감에 쉬지 못했다.

단적인 예로 1년 전 어느 날, 아무 것도 할 일이 없는 날이 있었다. 그날 나는 왠지 모를 불안감에 휩싸여 '아무것도 안 하는 날'이라는 일상 영상을 그 자리에서 계획해 촬영을 하고 말았다. 드라마 한 편을 보려 해도 '아, 내가 이럴 때가 아닌데'라는 생각이 머릿속을 가득 채웠다.

졸업을 앞두고 졸업 전시를 준비하는 동시에 퇴근 후 영상 편집을 하던 때가 있었는데, 그 열정이 현재의 나를 더 힘들게 할 줄은 몰랐다. 언제나 '이건 그때에 비하면 힘든 것도 아니야'라는 생각 때문에 더 쉬지 못했다. 내 안에는 항상 두 마음이 공존했다. '그래 이미 잘하고 있어. 넌 멋져!' 하는 생각이 들다가도 이내 '넌 겸손해야 해. 네가 하고 있는 노력? 그건 당연한 거야!'라는 생각에 사로잡히곤 했다.

여행과 나 그리고 삶

결국 나는 뉴욕에서의 그날도 '아무것도 안 하고' 쉬지 못했다. 내가 세워놓은 기준에 다다르지 못하면 잘못된 것 마냥 스스로를 채찍질하는 데 너무 익숙해졌기 때문이다. 결국 나는 뉴욕에서 하루 종일 아무것도 안 하고 푹 쉬는 경험은 하지 못했다. 그 대신 쉼 없이 달려온 나 자신을 되돌아보는 시간을 가졌다. 돌이켜보면 나는 내가 달리면서 어떤 생각이 들었는지, 힘들거나 지치지는 않았는지 물어볼 겨를도 주지 않았다.

한 달 살기를 계획하면서 정신없이 돌아다니는 관광보다는 좀 더 여유로운 삶을 살아보는 여행을 하고 싶었다. 그래서 여행을 떠나기 전부터 하루만이라도 아무것도 안 하는 날을 가져봐야겠다고 생각했었다. 여행을 하면서 턱까지 차오른 숨을 깊이 그리고 천천히 내쉬며 조금씩 여유를 찾아갔다. 그러면서 이런저런 생각도 하고, 나의 그 생각들을 가만히 들여다보는 시간도 가질 수 있었다.

지금껏 나를 이끌어온 원동력 중 하나는 여행이 아닐까 생각한다. 사실 여행을 갈 때는 그 기간 동안 업로드할 영상을 미리 준비해놓아야 한다. 여행을 즐기기 위해 나는 그 영상들을 만들어놓느라 밤을 새기도 하면서 평소보다 더 많은 일을 몰아서 한다.

그런데도 여행을 생각하노라면 그 과정들이 전혀 힘들지 않다. 나에게 여행은 정신없이 바쁘고 머릿속이 일로 가득 찬 일상에서 벗어나 유일하게 죄책감 없이 쉴 수 있는 시간이기 때문이다. 여행에서 보고 느낀 많은 것들로 나는 또다시 일상을 살아간다.

사실 여행을 다니면서 다양한 성장을 했다고 느낀다. 내가 겪는 세상이 전부가 아니라는 것도 알게 되었고, 다양한 경험을 하면서 세상을 다각도로 바라보는 법도 조금은 알게 됐다. 특히 이번 뉴욕 여행에서는 처음으로 '나는 지금 잘 살아가고 있는가'에 대해 많이 고민하고 생각했다.

여행을 다니면서 또 다른 가치들을 많이 배웠다. 세상 모든 것들이 내 마음대로 되지 않는다는 것, 모든 걸 열심히 하는 것만이 정답은 아니라는 것, 그리고 가끔은 쉴 필요가 있다는 것.

나처럼 주변을 돌아보지 않고 달리기만 하는 사람이 있다면 꼭 해주고 싶은 말이 있다. 내가 여행을 통해 나 자신과 마주했듯이, 가끔 모든 것을 다 내려놓을 만큼 심취할 수 있는 무언가를 해보면 어떨까.

잠깐 쉬어간다고 해서 뒤처지는 것은 아니다. 하루쯤 아무 것도 안 한다고 해서 큰일 나는 것도 아니다. 열심히 나의 길을 가기 위해서는 반드시 충전의 시간도 필요하다. 사실 난 이 말들을 누구보다 나 자신에게 해주고 싶었다. 정말 아무 것도 안 하고 하루쯤 푹 쉬라고 말이다.

DAY 19

여행 가계부
정리하기

뉴욕에서도 예외는 없다!

합리적이고 효율적인 소비 습관을 위한 가계부 쓰기

살데없는 소비와 지출을 방어하는 훌륭한 습관

쓸 땐 써야 하겠지만

뉴욕에서 한 달간 지내기 위해서는 항공과 숙박뿐 아니라 어마어마한 뉴욕의 물가를 감당하기 위한 자금이 필요하다. 난 사실 여행에 있어서는 약간의 'YOLOYou Only Live Once' 정신을 지향한다.

'언제 또 이런 여행을 오겠어! 이 순간은 다시 오지 않아!'라는 생각을 하면서 돈이 조금 더 들더라도 나중에 후회되지 않을 선택을 위해 나는 적금통장을 깼다. 게다가 솔직히 말하자면 나에게 여행은 백 퍼센트 즐기기 위한 것일 뿐만 아니라 콘텐츠를 위한 투자인 셈이어서 더더욱 돈을 아끼지 않는 편이다.

여행 경비를 정리해요

적금까지 깨고 뉴욕에 큰맘 먹고 왔으니, 나는 매일매일 사용한 내역을 정리하리라 다짐하고 가계부를 가져왔다. 돈 관리를 잘하진 않지만, 어렸을 때부터 용돈 기입장 쓰기를 좋아하던 나는 직접 쓰려고 다이어리 속지까지 구성했다. 여행을 하다 보면 평소보다 활동량이 늘어나기 때문에 잠들기 전 매일 무언가를 기록하기란 쉬운 일이 아니다.

하지만 이번 여행에서 매일 가계부를 열심히 작성했던 이유는, 하루하루의 소비를 되돌아보고 싶었기 때문이다. 그렇게 매일 밤 친구들과 다 같이 그날그날 사용한 내역을 정리하면서 쓸데없는 소비는 지양해야겠다는 다짐도 할 수 있었다. 가계부 쓰기는 합리적이고 효율적인 소비를 위해 아주 좋은 습관이다!

뉴욕에서 쓴 나의 리얼 가계부

귀찮긴 해도 아주 리얼하게 매일매일 기록했던 뉴욕에서의 가계부 그대로를 공개한다. 참고용으로 감상하면 좋을 듯하다!

샘의 뉴욕 가계부 대공개!

Mon : /	Tue : 12/24	Wed : 12/25	Thu : 12/26
+	+	+	+
	현 장보거 1/7씩 150	현 밥+장 1/7씩 70	현 2밥 1/4씩 150
	50	30	50
-	-	-	-
	카 미자 5.45	카(현) 지하철 34.00	카 물 2.08
	현 버블티 5	카 소니엔젤 13.07	카 페이퍼소스 88.91
	카 블루보틀 20	카 버거조인트 75.00 (4)	카 브라우니 2.50
	카 쓸.없.선물 30.87	카 장본것 43.57 (4)	카 한식 65.33 (4)
	카 카세트+테잎 53.33	카 던킨도넛 4.77	카 멕시칸저녁 131.96 (4)
	카 턴테이블+LP 134.30		현 락커 4.00
	카 장본것(약) 228		현 연극 책 23.00
유심			
카드	카드 471.95	카드 170.39	카드 290.78
현금	현금 5	현금	현금 27.00
ETC.	ETC. -150	ETC. -70	ETC. -150.00
Total	Total 326.95	Total 100.39	Total 167.78

비행기 120만

→ 숙소1 14박 710만 中 200만

숙소2 10박 36만 3천 (크레딧 60만 / 원래 196만)

숙소3 7박 100만 5천 + 119만 7천

= 220만 2천

676만 5천

770

⊕ 디즈니 숙소+티켓 1313.14불

디즈니 항공 33만

Fri : 12/ 27		Sat : 12/ 28		Sun : 12/29		기존 잔액	
+		+		+		1,360.000 ₩	
현	밥+우버 69		밥+장본것 (5:3)씩 145		우버 21		+
	(1:7)				(7:4씩)		
-		-		-		-	
카	세포라 106.70	카	패키지프리 90.31	카	말차라떼 6.00	식비	(약) 268.78
카	디즈니스토어 47.60	카	데보시옹커피 10.00	카	BBW 53.35	교통	(약) 46.50
카	쉑쉑 70.06(4)	현	플리마켓 23.00	카	도우도넛 17.86	쇼핑	(약) 1061.46
카	스투시 126.00	카	빈티지샵 30.00	카	연어초밥 35.33		
카	우버 22.60(4)	카	(저녁) 파이브리브스 104.04(4)	카	반스비니 19.60	<비고>	
	(5.5)	카	장본것 109.23(4)	카	시티메이머리 52.84	디즈니 선결제	
		카	커피 5.61	카	팝업카드 32.66	1113불	
				카	프린트 3.92	(19.12.29)	
				카	우버 28.91		
					(4)		
	372.96		349.19		250.47		
			23.00				
ETC	-69.00	ETC	-145.00	ETC	-21.00	ETC	
Total	303.96	Total	227.19	Total	229.47	Total	1376.74

<12/29>

(200선결제)

- 디즈니 호텔(+티켓?) 1,113.14불

현재 잔액 ₩

평가 쓸데없는 소비를 지양하자..

Mon : 12/30	Tue : 12/31	Wed : 1/1	Thu : 1/2
+	+	+	+
		우버+밥 140 (2)	밥 (20씩) 60
-	-	-	-
카 우버잇츠 80.00 (4) 20	카 서브웨이(우버) 34.01	카 한식(우버잇츠) 55.88	현 슬립노모어 47.00
카 신발 70.00	카 (3) 지하철충전 33.00	카 피트니스커피 11	현 물 2.00
카 마트장본것 49.92		현 피터루거 275.00 68.75 (4)	카 우버X2 53.00
카 〃 23.82		카 우버X2 17.00	카 우버잇츠X2 98.00 24.50 (4)
		카 세포라 54.40	카 키엘 44.64
			카 스타벅스 약 6.00
카 교통비 28.400w			
223.74	67.01	138.28	201.64
		275.00	49.00
ETC.	ETC.	ETC. −140 413.28	ETC. −60 250.64
Total 223.74	Total 67.01	Total 273.28	Total 190.64

~~애용 65~~
~~주희 90~~

Fri : 1/3		Sat : 1/4		Sun : 1/5		기존 잔액	
+		+		+			₩
현	우버 36식 108	현	장본것+우버 28식 84			+	
		현	정예지모마 62				
카	밥 - 24.91	-		-		-	
카	우버① 44.00 (4)	카	우버 X2 64.35 16	카	우버X3 92.30 27	회비	(약) 310.79
현	우버② 100.00 20 (4)	카	모마 240.48			교통	(약) 144.50
카	컨버스 78.81	현	할랄가이즈 10.00			쇼핑	(약) 857.66
현	" 비니 20.00	카	스타벅스 6.92				+α
현	나이키 50.00	카	장본것 49.51				
현	간식,물 9.00						
카	약 30.00						
카	타미힐피거 204.71						
카	코치 197.10						
카	마크제이콥스 138.40						
	695.93		361.26		92.30		
	179.00		10.00				
ETC.	-108 874.93	ETC.	-146	ETC.		ETC.	
Total	766.93	Total	225.26	Total	92.30	Total	1839.16

119.05 = 139,193 w 119

= 91,174 w 78

현재 잔액	₩
평가	

Mon : 1/6	Tue : 1/7	Wed : 1/8	Thu : 1/9
+	+	+	+
-	-	-	-
카 우버(x3) 89.25	카 우버 45.43	< 1.7 ~ 1.10 disney world >	
카 슬립노모어락커 4.04	카 델타짐추가 30.30	~~total~~ 833.26$	
카 IHOP(점심) 50.39	카 웬디스(아침) 18.45		
		디즈니 호텔+입장권 1313.14	
ETC 143.68	ETC 94.18	ETC	ETC
Total	Total	Total	Total

Fri : 1/10		Sat : 1/11		Sun : 1/12		기존 잔액	
+		+		+			₩
						+	
-		-		-		-(디즈니제외)	
카	장본것 131.25	카	문구류 35.82	카	스벅커피 6.05	식비	(약) 397.70
카	우버 81.84	카	루비스카페 47.68	카	운동화 70.70	교통	(약) 216.52
카	일식집 26.55	카	도서관기념품 65.33			쇼핑	(약) 184.77
카	유니버설 50.56	카	우버(x3) 69.22				+α
카	델타짐추가 30.30	카	곱창스토리 84.31				
카	마그넷+α 12.88	카	H-mart 39.07				
		카	커피(파네라) 3.94				
		카	우유(카페) 5.49				
							999.45
카드		카드		카드		카드	
현금		현금		현금		현금	
ETC.		ETC.	3	ETC.		ETC.	-170
Total	333.38	Total	350.86	Total	77.35	Total	829.45 (디즈니제외)

$ 60
10
$ 20
30
40
10
-170$

현재 잔액	₩
평가	

Mon : 1/13	Tue : 1/14	Wed : 1/15	Thu : 1/16
+	+	+	+
-	-	-	-
카 마라샹궈 53.76	카 한식배달 59.27	카 우버 (X2) 25.94	카 할랄가이즈 30.79
카 우버 (X2) 34.98		카 제로콜라+커피 6.59	카 우버 42.33
카 코렐로파스타 52.44			카 커피 5.72
카 조더주스 7.91			카 장본것 79.98
카 콜몬오일 30.79			
카 콜롬비커피 5.05			
ETC.	ETC.	ETC.	ETC.
Total 184.90	Total 59.27	Total 32.53	Total 158.82

20	20	10	10
10			20
20			40

Fri : 1/17	Sat : 1/18	Sun : 1/19	기존 잔액
+	+	+	₩
			+
-	-	-	-
카 한식배달 52.33	카 머레이베이글 29.2	카 에싸베이글 25.75	식비 (약) 586.30 주희 (-210)
카 우버 (x2) 66.36	카 한식(할) 69.04	카 우버(이) 44.55	교통 (약) 214.16
카 메트로폴리탄 32.00	카 아랍식(할) 44.60	카 사라베쓰 57.84	쇼핑 (약) 35.79
		현 마그넷 5.00	
		카 쌀국수 27.56	
		카 던킨도넛 3.77	
주희	- 500		
카드	카드	카드	카드
현금	현금	현금	현금
ETC.	ETC.	ETC.	ETC.
Total 150.69	Total 142.85	Total 164.46	Total 683.52

20 10
30

1729

= -210

580

현재 잔액 ₩
평가

Mon : 1 / 20	Tue : 1 / 21	Wed : 1 / 22	Thu : 1 / 23
+	+	+	+
-	-	-	-
카 블루노트 재즈바 174	카 우버 (x3) 37.00	카 우버(x2) 69.70	카 우버(→공항) 120.00
카 블루보틀 11.10		카 우버잇츠 35.30	카 쉑쉑 18.20
카 장봄 30.80			
카 우버(x2) 33.00			
			식비 84.30
			교통 259.7
			총 529.10
ETC.	ETC.	ETC.	ETC.
Total 248.90	Total 37.00	Total 105.00	Total 138.20

〈생활비 정리〉

1주차 : 1376.74불
2주차 : 1839.16불
3주차 : 829.45불
4주차 : 683.52불
5주차 : 529.10불

= 6091.23불
(약 740만)

디즈니 : 833.26불

Walt Disney World

DAY 20

뉴욕에서
책 쓰기

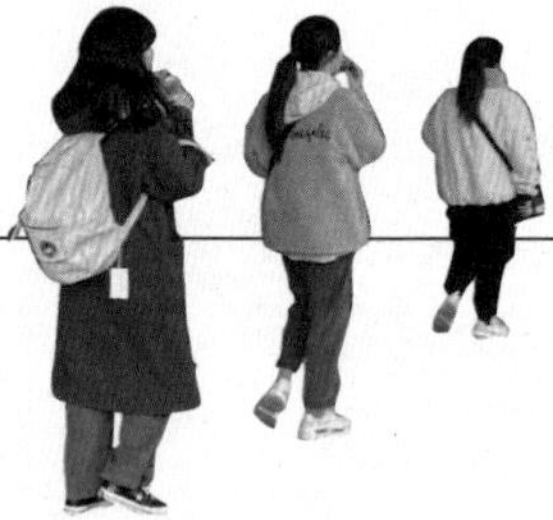

글을 쓴다는 건 나를 온전히 드러내는 또 하나의 방법!
누군가 나의 글을 읽고 작은 변화라도 갖게 된다면
그보다 더한 행복은 없을 것이다

뉴욕 여행 리얼 후기

처음으로 한 달 동안 한 도시에 머무르면서 이제까지와는 전혀 다른 새로운 여행을 했다. 많다면 많은 도시를 다녀봤지만 아무래도 한 달 살기는 처음이다 보니 기대가 컸었는데, 뉴욕에서의 한 달은 내게 기대 이상이었다. 다양한 집에 살아보기도 하고, 여러 가지 음식을 먹어 보기도 하고, 무엇보다 소소하게 꿈꿔왔던 크고 작은 로망들을 직접 실현할 수 있는 소중한 시간들이었다.

또 특히 좋았던 건 마음 맞는 친구 넷이 함께 아름다운 추억을 만들 수 있었다는 것이다. 솔직히 뉴욕 여행을 한 달간 충분히 즐기기 위한 비용이 만만치 않았지만, 난 그 돈들이 전혀 아깝지 않았다. 살면서 친구 네 명이 시간을 맞춰 긴 여행을 가기가 쉽지 않은 일이라는 것을 잘 알고 있기에, 이렇게 함께 여행할 수 있었던 것에 감사한다.

도전이란, 일단 한번 해보는 것

뉴욕 한 달 살기 영상을 업로드하고, 한 달 살기를 하고 싶다는 로망이 생겼다는 많은 구독자들의 댓글을 보았다. 앞서 실현해본 열아홉 가지, 아니 마지막으로 뉴욕에서 글을 쓰는 것까지 포함한 스무 가지 버킷리스트는 나에게 미래의 먼 일이거나 혹은 일어나지 않을 것만 같은 로망에 불과했다.

나 또한 평범한 20대 중반의 사회 초년생이고, 여느 또래들과 마찬가지로 새로운 일들로 가득한 인생 초보자다. 하지만 조금 용기를 내어 도전하고 경험하면서 이제보다 한 발자국 더 내딛고 있는 나 자신을 발견한다.

자신이 품고 있는 어떤 소망 혹은 로망이 있다면 그게 무엇이든 도전해보라! '난 이런저런 이유 때문에 안 될 거야', '난 이런저런 이유 때문에 무서워'라고 단정 짓는다면 출발조차 하지 못한다. 일단 한번 해보는 것, 그것만큼 큰 한 걸음은 없을 것이다.

나의 첫 책을 마치며

언젠가 한번쯤은 부족하지만 여행에 관한 책을 써보고 싶다는 생각을 했었다. 전문가는 아니지만 유튜버라는 직업으로 여행을 하고 여러 경험을 쌓으면서 분명 사람들에게 전해주고 싶은 이야기가 있다고 느꼈기 때문이다. 그즈음에 우연히 출판사에서 온 메일을 보고 '아, 글을 한번 써봐야겠다'라고 다짐하게 됐다.

뉴욕 여행을 계획하고, 뉴욕과 여행에 관한 글을 쓰기로 결정하고 나자, 뉴욕에서 뉴욕 여행에 관련된 책을 집필하는 나를 상상하니 너무 멋진 게 아닌가! 하지만 실제는 조금 달랐다. 여행을 하고 촬영을 하면서 틈틈이 글을 쓰기란 정말 어려운 일이었다. 나는 출판을 목적으로 글을 써본 적도 없고, 써본 적이 없으니 자꾸만 이게 맞는 걸까 하는 의심이 들었다.

뉴욕에서 멋지게 글을 쓰는 나를 상상하며 마지막 스무 번째 버킷리스트 목록을 '뉴욕에서 글쓰기'로 잡았건만, 나는 뉴욕에서 거의 글을 쓰지 못했다. 책을 출간하기 위해 글을 쓴다는 생각만으로도 부담이 컸다. 결국 한국에 돌아온 뒤 나는 번아웃 증후군에 사로잡히고 말았다. 아무 것도 손에 잡히지 않는 상태가 된 것이다.

몇 주간 휴식을 취한 뒤 나는 다시 마음을 다잡고 키보드 앞에 앉았다. 차근차근 뉴욕 여행을 떠올리며 글을 써내려가기 시작했다. 정말 쉽지 않았지만 하나둘 완성되어가는 원고를 보며 그 어느 때보다 뿌듯했다.

진짜진짜 평범한 내가 글을 쓰고 책을 출간하게 될 거라고는 생각하지 못했다. 사실 지금도 실감이 나지 않고, 약간 같잖기도 하다. 하지만 누군가 내가 쓴 책을 읽고 조금의 변화라도 갖게 된다면 그것만으로도 너무나 행복할 것 같다.

일을 하면서 가장 뿌듯할 때는 통장에 돈이 들어올 때도, 구독자 수가 늘어날 때도 아니다. 나를 담아낸 콘텐츠를 누군가가 소비하고, 그것을 통해 어떤 영감을 받아 조금이라도 긍정적인 변화가 있을 때다.

그걸 선순환이라고 하던가?

글을 읽어준 모든 분들에게 감사의 마음을 전하고 싶다.

ESORT
MAMA
SHARED ZONE AHEAD
ONE WAY
ONE WAY
sbarro
sbarro
PIZZA
ZONE ENTREES ESPRESSO
All Route South
INGLOT

SEE YOU
NEW YORK!
SEANJOHN
TIMES SQUARE
THOMSON REU
BONDS
U.K. GILTS
Twizzlers
HERSHEYS
HERSHEYS
BROADWAY 49
INSIDE CROWNE PLAZA
new yo
I NY GIFTS
BROADWAY CLOSED
SOUTHBOUND TRAFFIC
LEFT TURN AT W 48 ST
LEFT TURN
FROM
LEFT TURN
BAY ONLY
Morgan Stanley
If you can
applaud
a show,
AMERICAN EAGLE
OUTFITTERS

Epilogue

낭만이 가득한 도시, 뉴욕에서 돌아온 후

Question 1.

여행지에서 꼭 구입하는 것은 무엇일까?

작년부터 마그넷을 모으기 시작했다. '왜 진작 시작하지 않았지?' 하는 후회가 생긴다. 내가 이렇게 여행을 많이 다니게 될 줄은 몰랐다. 여행지에서 사온 마그넷들이 하나둘 늘어나고, 냉장고에 붙여둔 그 마그넷들을 바라보고 있으면 여행지에서의 설렘과 추억이 가슴에 다시 살아난다!

최근 모으기 시작한 것은 그 나라의 전통의상을 입은 미키마우스 인형이다. 사실 인형 같은 건 짐만 되고 쓸데없다고 생각했었다. 그런데 인형을 들고 그 나라를 배경으로 사진을 찍어 남기면, 또 그만한 기념품이 없다! 여행을 간다면 그 어떤 거라도 좋으니 아이템 하나를 정해 구입해 모아보는 건 어떨까? 생각보다 엄청 뿌듯하다.

Question 2.

뉴욕을 제외한 홍세림의 '인생 여행지'는?

도시와 자연, 둘 중 하나를 고르기 쉽지 않다면 너무나 아름다운 도시 바르셀로나를 추천한다! 아기자기하지만 세련된 도시 전경과 야자수가 펼쳐진 해변을 동시에 바라보며 자전거 드라이빙을 한다면 그야말로 여기가 유토피아로구나 하는 생각이 들 것이다.

여행에 있어서 '날씨'는 상상 이상으로 중요하다. 다른 것도 너무너무 좋지만 완벽한 공기와 바람, 하늘이 있는 LA는 나의 인생 여행지 중 하나로 꼽힌다. 쇼핑할 곳도 많고, 맛집도 많고, 놀거리도 많지만 그 쾌청하고 여유로운 거리의 분위기는 그 어떤 여행지도 따라올 수 없다!

Question 3.

다음 한 달 살기는 어디일까?

앞서 소개한 두 여행지에서 한 달 살기를 해볼 수 있다면 그보다 더 완벽한 계획은 없을 듯하다. 특히 미국 동부 지역인 뉴욕에서 한 달 살기를 해보았으니, 서부 지역인 LA에서 한 달을 살아본다면 미국의 새로운 면모를 느껴볼 수 있지 않을까?

혹은 아예 새로운, 가보지 않은 여행지에서 한 달 살기를 해보는 것도 또 다른 도전일 것 같다. 음식이 맛있는 태국이나 휴양지 느낌의 발리 혹은 아예 자연으로 둘러싸인 유럽의 소도시도 좋을 것 같다!

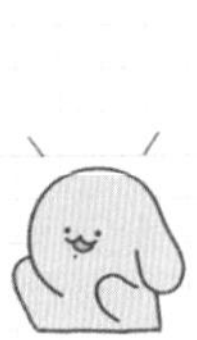

Goodbye!

여행 계획 세워보기!

한 달 살기 월간 계획 Monthly

MEMO

한 달 살기 주간 계획 _ 1주차!

Weekly

1주차 Check List

- ☐
- ☐
- ☐
- ☐
- ☐
- ☐
- ☐

Day 1 월 일 요일

Day 2 월 일 요일

Day 3 월 일 요일

Day 4 월 일 요일

Day 5 월 일 요일

Day 6 월 일 요일

Day 7 월 일 요일

한 달 살기 주간 계획 _ 2주차!

Weekly

2주차 Check List

- ☐
- ☐
- ☐
- ☐
- ☐
- ☐
- ☐

Day 8 월 일 요일

Day 9 월 일 요일

Day 10 월 일 요일

Day 11 월 일 요일

Day 12 월 일 요일

Day 13 월 일 요일

Day 14 월 일 요일

한 달 살기 주간 계획 _ 3주차!

Weekly

3주차 Check List

- [ ]
- [ ]
- [ ]
- [ ]
- [ ]
- [ ]
- [ ]

Day 15 월 일 요일

Day 16 월 일 요일

Day 17 월 일 요일

Day 18 월 일 요일

Day 19 월 일 요일

Day 20 월 일 요일

Day 21 월 일 요일

한 달 살기 주간 계획 _ 4주차!

Weekly

4주차 Check List

- ☐
- ☐
- ☐
- ☐
- ☐
- ☐
- ☐

Day 22 월 일 요일

Day 23 월 일 요일

Day 24 월 일 요일

Day 25 월 일 요일

Day 26 월 일 요일

Day 27 월 일 요일

Day 28 월 일 요일

한 달 살기 주간 계획 _ 5주차!

Weekly

5주차 Check List

- ☐
- ☐
- ☐
- ☐
- ☐
- ☐
- ☐

Day 29 월 일 요일

Day 30 월 일 요일

Day 31 월 일 요일

MEMO

한 달 살기 가계부

Day 1 월 일 요일	Day 2 월 일 요일	Day 3 월 일 요일	Day 4 월 일 요일
etc.	etc.	etc.	etc.
total	total	total	total

Day 5 월 일 요일	Day 6 월 일 요일	Day 7 월 일 요일	기존 잔액
			현재 잔액
etc.	etc.	etc.	
total	total	total	

Day 8 월 일 요일	Day 9 월 일 요일	Day 10 월 일 요일	Day 11 월 일 요일
etc.	etc.	etc.	etc.
total	total	total	total

Day 12 월 일 요일	Day 13 월 일 요일	Day 14 월 일 요일	기존 잔액
			현재 잔액
etc.	etc.	etc.	
total	total	total	

한 달 살기 가계부

Day 15 월 일 요일	Day 16 월 일 요일	Day 17 월 일 요일	Day 18 월 일 요일
e+c.	e+c.	e+c.	e+c.
+o+al	+o+al	+o+al	+o+al

Day 19 월 일 요일	Day 20 월 일 요일	Day 21 월 일 요일	기존 잔액
			현재 잔액
e+c.	e+c.	e+c.	
+o+al	+o+al	+o+al	

Day 22 월 일 요일	Day 23 월 일 요일	Day 24 월 일 요일	Day 25 월 일 요일
etc.	etc.	etc.	etc.
total	total	total	total

Day 26 월 일 요일	Day 27 월 일 요일	Day 28 월 일 요일	기존 잔액
			현재 잔액
etc.	etc.	etc.	
total	total	total	

한 달 살기 가계부

Day 29 월 일 요일	Day 30 월 일 요일	Day 31 월 일 요일	기존 잔액
			현재 잔액
e+c.	e+c.	e+c.	
+o+al	+o+al	+o+al